NAME: Justus Jonas
FUNKTION: Erster Detektiv
FRAGEZEICHENFARBE: weiß
BESONDERE MERKMALE: das Superhirn der drei ???; Meister der Analyse und Wortakrobatik; erstaunlich schneller Schwimmer; zu Hause auf dem Schrottplatz von Tante Mathilda und Onkel Titus; zupft beim Nachdenken an seiner Unterlippe
IST FAN VON: Tante Mathildas Kirschkuchen und Denksport aller Art

NAME: Peter Shaw
FUNKTION: Zweiter Detektiv
FRAGEZEICHENFARBE: blau
BESONDERE MERKMALE: für körperliche Herausforderungen immer zu haben, dafür kein Ass in der Schule; großer Tierfreund; Spezialist für Schlösser aller Art, die seinem Dietrichset einfach nicht standhalten können; neigt zu Vorsicht und Aberglauben
IST FAN VON: schnellen Autos (insbesondere seinem MG), der südkalifornischen Sonne, so ziemlich jeder Sportart

Die drei ???®

1.000 Spuren
DEIN FALL
Deine Lösung

Wüstenfieber

erzählt von Evelyn Boyd

Kosmos

Umschlagillustration von Silvia Christoph, Berlin
Umschlaggestaltung von eStudio Calamar, Girona, auf der Grundlage der Gestaltung von Aiga Rasch (9. Juli 1941 – 24. Dezember 2009)

Unser gesamtes lieferbares Programm und viele weitere Informationen zu unseren Büchern, Spielen, Experimentierkästen, DVDs, Autoren und Aktivitäten findest du unter **kosmos.de**

MIX
Papier aus verantwortungsvollen Quellen
FSC® C014496

Gedruckt auf chlorfrei gebleichtem Papier

Based on characters by Robert Arthur.

ISBN 978-3-440-14836-5
Redaktion: Annemarie Chiappetta
Lektorat: Nina Schiefelbein
Produktion, Layout und Satz: DOPPELPUNKT, Stuttgart
Druck und Bindung: GGP Media GmbH, Pößneck
Printed in Germany / Imprimé en Allemagne

Lieber Leser,

du kennst die drei ??? aus Rocky Beach? Du hast Justus Jonas, Peter Shaw und Bob Andrews schon bei früheren Fällen über die Schulter geschaut? Dann weißt du ja, dass Detektivarbeit viel Köpfchen, flinke Beine und gute Menschenkenntnis erfordert. Das alles bringen die drei jungen Detektive mit, aber für Unterstützung sind sie dennoch dankbar. Und da kommst du ins Spiel.
Immer wieder müssen die drei ??? bei diesem Fall schwierige Entscheidungen treffen und in der Hitze der Wüste einen kühlen Kopf bewahren. Was ist zu tun, wenn ein geheimnisvoller Gegner die Ermittlungsarbeit behindern will? Ist es wirklich klug, nachts über das Renngelände zu schleichen? Und wem aus dem merkwürdigen Rennteam kann man überhaupt vertrauen? Hilf den drei ???, indem du ihnen als vierter Detektiv solche Entscheidungen abnimmst!
Das ist keine einfache Aufgabe: Nicht alles ist so, wie es scheint, und nicht jede Spur bringt dich zum Ziel. Ein früher Erfolg kann ins Leere führen, und wenn die drei ??? denken, alles sei vorbei, nehmen die Ermittlungen möglicherweise erst richtig Fahrt auf. Da hilft es, wenn wenigstens du die Nerven behältst und auch zwischen den Zeilen liest.

Anders gesagt: *Dein Fall* braucht – dich.
Viel Erfolg bei den Ermittlungen!

Personenverzeichnis

Ian R. Miller hat mehr als nur ein Motto
Rick Lane fährt hervorragend Limousine
Shawna Lee will Peter auf gar keinen Fall heiraten
Darren Frasier hat gern das Steuer in der Hand
Cade Waters meint, so ein Gerät ist nicht zum Bremsen gebaut
Kyle ist nur ein kleines Licht und nicht mal eine helle Leuchte
David Baxter hütet gerne Geheimnisse
Aidan *The Dustmaster* Cloud kann über Pisten fliegen. Wirklich!
George Fresco beschreitet neue Wege
Seth Lee, Shawnas Onkel, weiß alles, über Autos und Menschen
Tyler Morales ist der Topfahrer des *Sierra*-Teams

… und *du* – denn du triffst die Entscheidungen!

»Ich verstehe es nicht!«

Justus Jonas blickte seinen Detektivkollegen fragend an. »Was verstehst du nicht, Peter?«, erkundigte er sich, obwohl er schon ahnte, worauf diese Unterhaltung hinauslief.

Peter Shaw wuchtete missmutig einen Autoreifen von der Ladefläche des Lieferwagens herunter. Dann zeigte er anklagend auf einen Berg von Autoteilen, der sich auf dem Hof des Gebrauchtwarencenters Titus Jonas auftürmte. »Ich begreife nicht, wieso wir hier schon wieder so eine Sklavenarbeit machen müssen.«

»Nun reg dich doch nicht so auf. Wir sind ja bald fertig«, versuchte Bob Andrews seinen Freund zu beschwichtigen.

»Bald fertig?«, empörte sich Peter. »Wir haben seit einer Woche Rekordtemperaturen, und wie oft sind wir bisher zum Strand gefahren? Kein einziges Mal! So habe ich mir unsere Sommerferien nicht vorgestellt. Erst haben wir die Vasensammlung abgestaubt, dann Leierkästen repariert und jetzt schleppen wir Autoteile durch die Gegend. Wenn ich nicht bald mein Surfboard unter den Füßen habe, streike ich!« Peter verschränkte die Arme.

»Mir ist durchaus bewusst, dass wir seit Tagen unter den Auswirkungen eines Hochdruckgebietes leiden«, erklärte Justus. »Ich meinerseits würde jetzt sehr viel lieber an einem Fall arbeiten. Da wir aber aktuell keinen Auftrag haben, konnte ich mich Tante Mathildas Bitte, heute beim Abladen zu helfen, nicht verweigern.« Justus zuckte entschuldigend mit den Schultern.

»Unser Erster kann seiner Tante einfach nichts abschlagen«, grinste Bob.

»Nun los, lasst euch nicht so hängen. Wenn wir uns beeilen, schaffen wir es heute Nachmittag noch an den Strand.«

»Damit würde ich nicht rechnen. Bestimmt hat deine Tante bis dahin eine neue Aufgabe für uns gefunden«, murrte Peter.

In diesem Moment ertönte die energische Stimme von Mathilda Jonas über den Hof. »Justus?«

»Wenn man vom Teufel spricht!« Bob lachte.

»Was gibt es denn, Tante Mathilda?«, rief der Erste Detektiv.

»Ah, Justus, komm doch mal bitte. Hier ist Besuch für dich.«

»Besuch? Möglicherweise ein neuer Klient.« Ein Leuchten erhellte Justus' Gesicht. »Kommt, Kollegen! Vielleicht ist diese Plackerei für uns doch schneller erledigt als vermutet.«

Justus eilte voraus. Peter und Bob folgten ihm.

Am Tor erwartete sie ein Mann mittleren Alters. Er trug trotz der Hitze einen weißen Anzug und einen gewaltigen Cowboyhut. Über seinem Bauch spannte sich ein wild gemustertes Hemd.

Als die drei Jungen näher kamen, strahlte er über das ganze Gesicht, und noch bevor der Erste Detektiv den Besucher begrüßen konnte, legte der Mann mit einem Redeschwall los. »Hallo, Jungs, ihr seid also die drei ???. Man hat mir viel über euch berichtet. Mein Name ist Ian R. Miller. Ich bin der Besitzer von *Sparkling Star Cola*. Kennt ihr bestimmt! Wenn es nicht sparkelt, ist es nicht Star, wie ich immer zu sagen pflege.« Ian Miller lachte auf.

»Sir, vielleicht –«, begann Justus.

Doch Ian Miller ließ Justus nicht zu Wort kommen. »Ihr werdet euch natürlich fragen, was will so ein wichtiger Geschäftsmann wie Ian R. Miller von euch?«

»Eigentlich –«, setzte Justus erneut an.
»Ich will es euch verraten. Doch zuvor sollte ich euch noch meine Karte geben. Hier, damit ihr auch schwarz auf weiß seht, wen ihr vor euch habt.«
Der Erste Detektiv blickte ein wenig perplex auf die ihm dargebotene Karte, während Mr Miller einfach weiterplapperte, ohne auf eine Reaktion zu warten.
»Ich habe gehört, ihr spielt öfter mal Detektiv. Ihr wurdet mir jedenfalls wärmstens empfohlen.«
»Sir, mit Verlaub, wir spielen ganz sicher nicht –« Die Stimme des Ersten Detektivs nahm einen gepressten Klang an.
Mit einer wegwerfenden Handbewegung überging Ian Miller Justus' Einwurf. »Das muss euch nicht peinlich sein. Ich meine, jeder hat ja mal klein angefangen. Aber wenn die Geschichten, die man mir über euch erzählt hat, stimmen, dann bin ich wirklich beeindruckt. Und so schnell beeindruckt mich nichts. Das könnt ihr mir glauben, Jungs. Ich hätte da eventuell einen Fall für euch. Eine ganz seltsame Geschichte. Aber vielleicht steckt auch gar nichts dahinter. Doch genau das sollt ihr herausfinden. Ich dachte mir, drei Jungs sind am unauffälligsten. Die Angelegenheit ist allerdings mit einer kleinen Reise verbunden. Aber das dürfte doch kein Problem sein, oder? Ich komme natürlich für alle Kosten auf.«

Kommt Ian R. Miller noch einmal zum Ende seiner Rede und hat Justus die Chance, ihm seinerseits die Visitenkarte der drei ??? zu überreichen? Lies weiter auf Seite 52.

Du bist von Seite 72 hierhergelangt.

»Ach, kommt, lasst uns aufs Ganze gehen!« Peter holte das Dietrichset aus seinem Rucksack und die drei ??? machten sich durch die sternenklare Nacht auf den Weg durch die Wüstenstadt. Hier herrschte immer noch emsiges Treiben. LED-Solarlampen erleuchteten in regelmäßigen Abständen die Wege. Bei einigen Teams sah man die Mitglieder zusammensitzen und sich besprechen. Überall hörte man Stimmen, und leise Unterhaltungen drangen durch die Zeltwände.
Die Jungen folgten dem erleuchteten Hauptweg vorbei am Info-Point, der jetzt geschlossen war. Eine merkwürdig aufgeladene Stimmung lag über der Anlage. Eine Aufregung, die all die Rennbegeisterten zu teilen schienen und die auch die drei ??? erfasste. Die Basis des *Star*-Rennteams lag am Ende des Hauptweges. Unter den Sonnensegeln hingen ein paar Lampen, die den Bereich in diffuses Licht tauchten. Die Garage lag im Dunkeln. Es war niemand zu sehen.
Die drei ??? blieben im Schatten eines Zeltes stehen.
»So wie es aussieht, sind wir ungestört«, stellte Bob fest.
»Hervorragend. Dann nutzen wir die Chance und verschaffen uns schnell Zutritt zur Garage.« Justus wollte gerade losmarschieren, als ihn der Zweite Detektiv zurückhielt.
»Wartet«, zischte Peter. »Ich glaube, ich habe einen Schatten gesehen.«
Die drei ??? verharrten einen Moment, doch nichts rührte sich. »Du musst dich getäuscht haben, Zweiter.«
»Hm, ich war mir so sicher, dass ich dort bei der Garage eine Gestalt gesehen habe.« Peter spähte angestrengt in die Dunkelheit.
»Jetzt ist da aber nichts mehr zu sehen«, sagte Bob.

»Leute, ich habe ein ganz komisches Gefühl bei der Sache. Wenn das nun der Saboteur war? Lasst uns noch ein bisschen warten.« Peter sah sich beklommen um.

»Dann müssen wir erst recht nachsehen, ob alles in Ordnung ist«, meinte Bob und ging los.

Lies weiter auf Seite 109.

Du bist von Seite 52 hierhergelangt.

»Ich glaube, Peter hat recht. Du bist voreingenommen gegenüber Mr Miller, Just. Was, wenn doch mehr hinter den belanglos erscheinenden technischen Problemen steckt? Der Imageschaden für die Cola-Firma kann uns vielleicht egal sein. Aber sollte jemand mutwillig diese Pannen verursachen, könnte es auch zu einem Unfall kommen. Vielleicht werden sogar Menschen verletzt. Das sollten wir zumindest versuchen zu verhindern.« Bob sah den Ersten Detektiv ernst an.

»Okay, möglicherweise war ich etwas vorschnell. Die Hitze behindert anscheinend mein Denkvermögen.« Justus wischte sich mit einer Handbewegung den Schweiß von der Stirn. »Lasst uns eine Pause im Schatten einlegen und bei einer Limonade unser weiteres Vorgehen besprechen.«

»Das ist der erste vernünftige Vorschlag, den ich heute von dir höre, Just.« Peter lief geradewegs zur Veranda und warf sich in einen Korbstuhl.

Justus holte Limo und Kirschkuchen aus dem Kühlschrank.

»Also fahren wir jetzt?«, fragte Peter nach dem Imbiss.

»Ich dachte, es sei beschlossene Sache? Schließlich habe ich dafür gestimmt«, sagte Bob.

»Außerdem dürft ihr eins nicht vergessen: *Wir übernehmen jeden Fall.* Unser Motto!« Peter grinste.

»In Ordnung, Kollegen. Ihr habt mich überzeugt. Wir können nicht ausschließen, dass Mr Miller mit seiner Vermutung richtigliegt. Ich werde ihn gleich anrufen und ihm mitteilen, dass wir den Auftrag annehmen.« Justus stand auf und machte sich auf den Weg in die Zentrale, das Büro der drei ???. Die Zentrale war ein alter Campinganhänger, der verborgen unter einem riesigen Haufen Gerümpel auf dem Gelände des

Schrottplatzes stand und nur über gut getarnte Geheimgänge betreten werden konnte. Sie war der Mittelpunkt des Detektivunternehmens der drei Jungen und mit allem ausgerüstet, was sie für ihre Ermittlungsarbeit benötigten: Telefon, Computer, Detektivlabor, gemütlichen Sesseln und einem Kühlschrank mit Getränkevorrat. Dazu das vollständige Aktenarchiv ihrer bisherigen Fälle. »Ihr könnt ja in der Zwischenzeit hier weitermachen. Wenn wir schnell fertig werden, können wir heute Nachmittag trotzdem noch an den Strand.«

»Das ist wieder typisch!«, grummelte Peter. »Unser Erster geht telefonieren und wir dürfen weiter in der Hitze schuften.«

Bob lachte. »Dann denk lieber nicht daran, welche Temperaturen uns morgen erwarten.«

Lies weiter auf Seite 125.

Du bist von Seite 109 hierhergelangt.

»Was ist denn jetzt los?«, wollte Peter wissen.
Dann hörten die drei Jungen, wie die Metalltür der Garage zuschlug. Gleichzeitig begann es zu qualmen.
»Verdammt, da war jemand! Er hatte sich vermutlich im Fußraum des Trucks versteckt. Wir hätten vielleicht mal in den Wagen sehen sollen.« Bob hustete. »Woher kommt dieser Qualm?«
»Weiß ich nicht, ich kann nichts sehen«, antwortete Peter hustend.
»Du stehst am nächsten zur Wand, Zweiter, taste dich daran entlang, da muss irgendwo der Lichtschalter sein«, rief Justus seinem Freund zu. In diesem Moment schlugen Flammen aus dem Wagen. Und sofort wurde dem Ersten Detektiv klar, dass der komische Geruch, den sie zuvor wahrgenommen hatten, von Benzin gekommen war. Jemand hatte die Sitze des Trucks angezündet!
Als Peter das Licht angeschaltet hatte, lief Bob zu der Wand, an der der Feuerlöscher gehangen hatte. »Verflixt, der Feuerlöscher ist weg!«, rief er aufgebracht.
Mittlerweile brannten die Sitze des Trucks lichterloh.
»Das war es also, was fehlte«, bemerkte Justus ärgerlich. »Es hilft nichts, Freunde. Wir können den Truck nicht löschen. Wir müssen hier raus und Hilfe holen!«
»Die Tür lässt sich nicht öffnen!« Peters Stimme wurde panisch. »Sie scheint blockiert zu sein.«
Der Rauch wurde immer stärker und die drei ??? rangen nach Luft.
»Versuch es weiter an der Tür, Zweiter. Bob und ich probieren, das große Garagentor zu öffnen. Los, Bob!«

Geduckt, um nicht so viel Rauch einzuatmen, umrundeten die beiden Jungen den brennenden Truck und versuchten mit vereinten Kräften, das Tor hochzuschieben. Doch es schien abgeschlossen zu sein.

»Wir werden hier elendig verbrennen!«, rief Peter hysterisch.

»Vorher erliegen wir einer Rauchgasintoxikation und ersticken«, erwiderte der Erste Detektiv.

»Das beruhigt mich jetzt aber, Just.« Peter hustete und hämmerte verzweifelt an die Tür. »Hallo, hört uns denn niemand? Wir sind hier eingesperrt!«

Auch Bob und Justus schlugen wie wild gegen das Metalltor. »Hilfe! Feuer! Helft uns!«

Lies weiter auf Seite 103.

Du bist von Seite 125 hierhergelangt.

»Komm, Zweiter, so schweres Gepäck haben wir nun auch nicht dabei.«
»Also gut, Just. Alles ist besser, als hier in der Hitze rumzustehen.« Peter schulterte seinen Rucksack.
Die drei Freunde gingen auf das Zentrum der provisorischen Wüstenstadt zu. Sie erreichten die Linie aus gelben Flaggen und sahen sich um. Vor einem großen Zelt standen mehrere Trophy Trucks. Ein V8-Motor röhrte dröhnend auf. Dazwischen liefen geschäftig Mechaniker herum. Sie trugen alle Signalwesten. Die Luft flimmerte vor Hitze. Es roch nach Benzin und Schweiß. An manchen Zelten wehten Flaggen von Sponsoren oder Rennteams.
Knapp neben den drei ??? fuhr ein Truck langsam vorbei.
»Wahnsinn, habt ihr gesehen, wie riesig die Räder sind?«, entfuhr es Peter. »Und wie breit der Radstand ist. Das sind doch bestimmt über drei Meter.«
»Wir sollten darauf achten, dass wir nicht überfahren werden«, gab Justus zu bedenken.
»Ja, würde sich für unseren Fall nicht so gut machen«, stimmte Bob dem Ersten Detektiv zu. »Die drei ??? von Monsterrädern platt gewalzt.«
»Dem kann ich nichts hinzufügen, auch wenn ich es anders ausgedrückt hätte«, kommentierte Justus grinsend.
Über den drei Jungen knackte ein Lautsprecher. Dann hallte eine Durchsage über das Gelände. »Driver-Meeting in Zelt A1. Alle Pit-Bosse der Rennteams werden unverzüglich zur Organisationsbesprechung gebeten.«
»Hier ist echt was los.« Bob sah sich beeindruckt um. Dabei stieß er mit seiner Tasche jemanden an.

»Hey, kannst du nicht aufpassen!«, beschimpfte ihn ein hochgewachsener Mann.
»Entschuldigen Sie. Das war sicherlich keine Absicht.«
Der Fremde grummelte etwas in seinen Bart und lief weiter.
Währenddessen hatte der Zweite Detektiv den Info-Point entdeckt. »Seht mal, dort drüben ist der silberne Trailer.«
»Prima, dann wissen wir schon mal, wo wir uns nachher mit Mr Miller treffen«, meinte Justus.
»Lasst uns doch mal rübergehen. Vielleicht können wir dort unsere Taschen für einige Zeit abgeben. Mein Rucksack wird immer schwerer.«
»Das sagt ausgerechnet unser durchtrainierter Zweiter Detektiv«, spottete Bob.
»Jetzt tut doch nicht so, als ob ihr große Lust hättet, eure Sachen bei der Hitze rumzuschleppen«, murrte Peter.
Bob nickte. »Stimmt, und eben habe ich mit meiner Tasche sogar fast jemanden umgehauen.«
»Du hast ja recht, Zweiter. Es ist eine hervorragende Idee, das Gepäck für einige Zeit abzugeben«, stimmte Justus zu. Er ging voraus.
Am Info-Point herrschte ebenfalls ein reges Treiben und die drei ??? mussten sich einige Zeit gedulden, bis die vor ihnen Wartenden abgefertigt waren.
Endlich konnten sie ihr Anliegen vorbringen.
»Eure Taschen bei mir abstellen?« Die Dame am Schalter rückte ihre Brille zurecht. »Das geht leider nicht. Wir nehmen keine Gepäckstücke an. Hier drin ist es viel zu eng. Aber ihr könntet die Taschen direkt vor das Schalterfenster meiner Kollegin stellen. Die Meldestelle ist heute geschlossen.«

»Nun, wenn es nicht anders geht.« Der Erste Detektiv zuckte die Schultern.
»Ich finde die Idee nicht so toll, unser Gepäck unbeaufsichtigt hier liegen zu lassen, Erster! Lasst uns doch lieber zum Wohnwagen gehen. Nicht, dass unsere Sachen wegkommen«, gab Peter zu bedenken.
Die Mitarbeiterin rümpfte empört die Nase. »Ihr seid hier nicht unter die Barbaren geraten. Hier stiehlt keiner etwas. Aber wenn ihr in einem Trailer auf dem Gelände wohnt, kann ich die Sachen für euch dort hinbringen lassen. Welches Wohnmobil ist denn eures?«
»Das wissen wir leider nicht so genau. Wir sind Gäste von Mr Miller und dem *Star*-Rennteam und wohnen in einem der Team-Wohnmobile«, informierte Justus die Info-Point-Mitarbeiterin.
»Wartet mal.« Geschäftig tippte die Dame auf der Rechnertastatur herum. »Die Wohnmobile und Campinganhänger der Teams stehen jeweils zusammen auf den zugewiesenen Bereichen. Aha, hier, Gebiet 4. Dort befinden sich alle *Star*-Team-Wohnwagen, einer davon ist als Gäste-Trailer ausgewiesen. Für 20 Dollar bringt mein Kollege Steve mit dem Wagen eure Taschen dorthin und stellt sie vor die Tür. Eure Wertsachen solltet ihr natürlich rausnehmen.«
»20 Dollar?«, entfuhr es Peter. »Und dann stehen unsere Sachen immer noch unbeaufsichtigt in der Gegend rum?«
»Tja, mehr kann ich euch nicht anbieten.« Mit diesen Worten wandte sich die resolute Dame demonstrativ ihrem Rechner zu.
»Was meint ihr, Kollegen, sollen wir unsere Taschen mit dem

Service zum Wohnwagen fahren lassen?«, wandte sich Justus seinen beiden Freunden fragend zu.

»Ehrlich gesagt, wäre ich dafür, sie selber hinzubringen. Meinen Rucksack möchte ich nicht einfach rumstehen lassen«, bemerkte Peter kritisch.

»Was hast du denn da drin? Den roten Rubin? Dein Geld und das Handy kannst du doch auch in die Hosentasche stecken. Ich finde, es wäre total umständlich, jetzt wieder in Richtung der Wohnwagen zu laufen, wo wir schon mal hier sind.« Bob ließ seine Tasche auf den Boden fallen.

Klamotten sind nur Nebensächlichkeiten. Weiter die Rennmeile erkunden und die Taschen über den Info-Point-Service zum *Star*-Team-Bereich bringen lassen? Dann auf zu Seite 37. Oder sollen die drei ??? auf Nummer sicher gehen und die Taschen selber in den Wohnwagen bringen? Lies weiter auf Seite 57.

Du bist von Seite 125 hierhergelangt.

»Wir folgen Mr Miller«, entschied der Erste Detektiv.
»Dann sollten wir uns beeilen. Er ist gerade zwischen den Zelten dort hinten verschwunden.« Bob deutete in die Richtung, in die ihr Auftraggeber gegangen war.
»Also los!« Peter schulterte seinen Rucksack.
Die drei ??? machten sich zügig auf den Weg. Doch sie konnten ihre Zielperson zwischen den großen Zelten nicht mehr ausmachen. Es handelte sich offenbar um die Verpflegungszelte. Vor den Ausgabetheken herrschte großer Andrang. An zahlreichen Stehtischen standen die Leute in Grüppchen zusammen, aßen und fachsimpelten über den Rennsport.
»Seht ihr Mr Miller irgendwo?« Bob drehte sich im Kreis und versuchte, sich einen Überblick zu verschaffen.
»Keine Spur von ihm.« Peter ließ seinen Rucksack auf den Boden fallen. »Und was jetzt?«
»Wir teilen uns auf. Bob, du bleibst mit unseren Sachen hier. Peter und ich werden die Gänge zwischen den Zelten absuchen.«
Der dritte Detektiv nickte und deutete auf eine Ausgabetheke. »Ich werde in der Zwischenzeit etwas zu trinken holen.«
Peter seufzte. »Gute Idee. Eine kaltes Getränk wäre jetzt genau das Richtige.«
»Später, Zweiter, wir müssen uns beeilen«, drängte Justus. »Wir treffen uns in genau dreißig Minuten wieder hier.«

Lies weiter auf Seite 38.

Du bist von Seite 37 oder 57 hierhergelangt.

Die drei ??? bahnten sich ihren Weg durch das Gewirr von Menschen und Rennwagen. Ein trockener Windstoß wehte feinen Sand zwischen den Zelten umher. Sie näherten sich dem Bereich, an dem die Rennen starten sollten.
Plötzlich blieb der Zweite Detektiv wie angewurzelt stehen. »Wow, seht euch mal das Gerät an!« Peter deutete in Richtung eines schwarz glänzenden Trophy Trucks, neben dem ein etwa achtzehnjähriges Mädchen stand.
»Stimmt, und der Wagen ist auch nicht schlecht.« Bob zwinkerte.
Justus verdrehte kurz die Augen.
Peter ignorierte Bobs Bemerkung. »Das ist ein Ford F150. Der hat 850 PS! Den möchte ich mal fahren«, rief er begeistert.
»Davon kannst du lange träumen!« Das blonde Mädchen hatte sich zu den drei ??? umgedreht und pustete sich eine Haarsträhne aus dem Gesicht. »Den Ford fährt nur unser Top-Fahrer Tyler Morales. Aber wer seid ihr und was macht ihr hier überhaupt? Besucher haben in der ›Hot Pit‹ nichts verloren. Nur Teammitglieder dürfen sich hier aufhalten.«
»Wir gehören quasi zum *Star*-Rennteam«, beeilte sich der Erste Detektiv zu beteuern. »Wir befinden uns auf dem Weg dorthin.«
»So, ihr gehört *quasi* zum *Star*-Team.« Das Mädchen zog zweifelnd eine Augenbraue hoch.
»Wir sind Gäste des Hauptsponsors, Mr Miller«, fügte Bob hinzu.
»Oh, den kenne ich. Aber auch Gäste haben in diesem Bereich nichts verloren. Hier ist es viel zu gefährlich für euch. Seht ihr

die gelben Flaggen? Sie stecken die ›Hot Pit‹ ab. Hier starten auch die Trucks zu den Rennläufen. Wenn ihr keine Teammitarbeiter seid, müsst ihr in der ›Cold Pit‹ bleiben. Der Bereich dort hinten bei den Zelten. Dort ist es ungefährlich. Aktuell stehen zwar nur Testfahrten an, dennoch könnt ihr hier schnell unter die Räder kommen. Und wenn ihr tatsächlich zur *Star*-Crew gehört und auf dem Weg dorthin seid, solltet ihr nicht einfach die Fahrbahn überqueren, sondern euch auf der sogenannten ›Access Road‹ halten. Seht ihr, hier, hinter den Flaggen entlang«, informierte das Mädchen die drei ???.

»Keine Sorge. Wir passen auf«, versicherte Justus.

»Wenn ihr meint.« Das Mädchen zuckte die Schultern. »Aber ihr habt euch immer noch nicht vorgestellt.«

»Ich bin Peter Shaw und das sind Justus Jonas und Bob Andrews«, stellte der Zweite Detektiv sich und seine Freunde vor.

»Peter Shaw? Na, dich möchte ich nicht heiraten.« Die Blondine lachte glockenhell.

»Wie bitte?« Peter blickte sie völlig irritiert an.

»Ich heiße Shawna.«

Justus begriff sofort und lachte. »Dann wäre dein Name Shawna Shaw.«

»Genau. Das würde doch scheußlich klingen.« Shawna grinste.

»Also, ich finde meinen Nachnamen klasse.« Der Zweite Detektiv verschränkte beleidigt die Arme vor der Brust.

»Ist er auch, Peter. Das war doch nur ein Witz.« Shawna lächelte versöhnlich. »Ich mag solche Wortspiele.«

»Zu welchem Team gehörst du eigentlich?«, erkundigte sich Bob, um das Thema zu wechseln.

»Ich gehöre zum *Sierra*-Team. Wir sind mit zwei Trucks vertreten. Bei den beiden großen Rennen übermorgen geht jeweils ein Wagen an den Start.«

»Und was ist deine Aufgabe?«, fragte Justus.

»Ich bin Mädchen für alles. Aber hauptsächlich unterstütze ich meinen Onkel Seth. Er ist Chef-Mechaniker und Teamkoordinator. Außerdem helfe ich im Verpflegungszelt aus«, erzählte Shawna bereitwillig.

»Das bedeutet, dass du dich hier auf dem Renngelände gut auskennst«, schloss Justus. »Wir sind gerade erst angekommen und könnten ein wenig Hilfe bei der Orientierung gebrauchen.«

Shawna nickte. »Klar, ich habe gerade ein wenig Leerlauf, soll ich euch rumführen?«

»Ja, sehr gerne«, antworteten Peter und Bob wie aus einem Mund.

Shawna zupfte lächelnd an ihrem Top. »So viel Begeisterung? Ihr seid wohl echte Rennsport-Fans. Ich könnte euch auch meinen Onkel vorstellen. Er weiß alles über Trophy-Truck-Rennen, was man nur wissen kann. Ich begleite ihn, seit ich ein kleines Mädchen war, zu Offroad-Rennen.«

»Ein Gespräch mit deinem Onkel wäre sicherlich interessant. Zuerst möchten wir uns aber den Stützpunkt des *Star*-Rennteams ansehen«, sagte Justus. »Kannst du uns hinführen, Shawna?«

»Sicher, folgen Sie mir, Gentlemen.« Shawna machte eine kleine Verbeugung und ging voraus.

Lies weiter auf Seite 46.

Du bist von Seite 114 hierhergelangt.

»Ist das hier der neue Wundermotor?« Diesmal beobachtete der Erste Detektiv genau die Reaktion Aidan Clouds.

Dieser zog die Augenbrauen zusammen. »Das ist doch nie im Leben der Motor, den George Fresco uns im Motorenwerk präsentiert hat! Verdammt, was geht hier denn bloß vor?«, fluchte der *Dustmaster*.

»Aha, Sie haben den wirklichen neuen Motor also schon einmal live gesehen?«, erkundigte sich Peter.

»Ja, gewissermaßen. Da befand er sich noch in der Entwicklung. Als mich Ian Miller für das *Star*-Team abwarb, fuhren wir auch zu *AMC Motors*. Er wollte mir den neuen Trophy Truck vorführen, um mich zu überzeugen, bei seinem Team einzusteigen. Der Truck war so gut wie fertig, nur an dem Motor wurde noch herumgetüftelt. Aber die Daten aus den Leistungstests waren hervorragend. Und die technischen Entwürfe, die uns Mr Fresco zeigte, waren ebenso beeindruckend. Allerdings muss ich zugeben, dass ich, obwohl ich Rennfahrer bin, in den technischen Details einer Motorenentwicklung kein Spezialist bin. Ebenso wenig wie Ian Miller. Wir mussten den Aussagen von Mr Fresco und seinem Ingenieur glauben.«

»Das heißt, Sie halten es für möglich, dass die Testwerte in der *AMC*-Werkshalle manipuliert waren«, führte Justus die Ausage weiter.

Aidan nickte bedächtig. »Aber eines ist sicher, der Motor, den man uns damals präsentierte, war ganz gewiss nicht dieser alte Schrotthaufen.«

»Und wie liefen dann die ersten Testrennen, die Sie fahren durften?«, erkundigte sich der dritte Detektiv.

»Die Sache zog sich hin. Ich wurde immer wieder vertröstet. Der Wagen wurde erst kurz vor der Rennsaison fertig. Die ersten Fahrten hat ein Mitarbeiter von *AMC* durchgeführt, da ich zu dem Zeitpunkt noch für mein altes Team Rennen gefahren bin. Ich habe erst vor Kurzem offiziell den Arbeitgeber gewechselt. Selbstverständlich wollte und sollte ich den neuen Truck vor dem ersten Rennen selbst ausprobieren. Aber es gab ständig irgendwelche Probleme, die uns zwangen, meine Fahrten zu verschieben. Das hat mich ganz schön angefressen. Natürlich kann ein guter Rennpilot jeden Truck fahren, dennoch wäre mir wohler gewesen, den neuen Trophy Truck schon vor dem Open PreRun morgen eigenhändig getestet zu haben. Die Strecke ist anspruchsvoll und ich will beim großen Rennen schließlich eine gute Zeit hinlegen.«

»Ist Ihnen niemals der Verdacht gekommen, dass mit dem Wagen etwas nicht stimmen könnte?«, fragte Peter erstaunt.

»Doch, nachdem vorgestern wieder wegen einer Lappalie das Testrennen verschoben wurde, habe ich mich mit David Baxter gestritten. Als Cade anbot, sich den Wagen mal anzusehen, hat uns David aus der Garage geworfen. Das kam mir sehr merkwürdig vor. Er hat von Anfang an ein riesiges Geheimnis um den Wagen gemacht. Und dann ging es auch noch mit den Briefen los.« Aidan fuhr sich genervt durch die dunklen Haare.

»Wie viele Briefe haben Sie bisher erhalten?«, fragte Justus.

»Mit diesem hier sind es drei«, gab Aidan bereitwillig Auskunft.

»Nun, dann sind es insgesamt vier Briefe. Wir haben vorhin noch einen aus Ihrem Spind geholt, nachdem wir jemanden beobachtet hatten, der ihn dort platziert hat.« Justus holte den Brief von Shawna aus seiner Tasche.

»Ihr wart an meinem Spind? Da war noch ein Brief?« Aidan bekam große Augen. »Und ihr habt die Person gesehen? Dann spuckt es schon aus: Wer steckt dahinter?« Der *Dustmaster* spannte seinen Körper an und sah aus wie ein Tiger vor dem Sprung.

»Alles zu seiner Zeit.« Justus hob beschwichtigend die Hände. »Ich möchte Ihnen aus gutem Grund den Namen der Person noch nicht nennen. Haben Sie den ersten Brief noch?«

»Nein, den habe ich gleich weggeworfen.«

»Gehe ich recht in der Annahme, dass der erste Brief ebenso wie die folgenden zwei am Computer getippt wurde und der Text in irgendeiner Form mit Staub zu tun hatte?«

Aidan nickte.

»Das dachte ich mir.« Justus grinste zufrieden. »Das bedeutet, die ersten drei Briefe stammen alle von ein und derselben Person, während der letzte Brief mit der konkreten Morddrohung eine ganz andere ›Handschrift‹ zeigt.«

»Klar, er ist ja auch mit Zeitungsschnipseln zusammengestellt«, warf Peter ein.

»Genau, und nicht nur das, Zweiter. Der Sprachduktus deutet ebenfalls auf eine andere Person hin. Kein Wortspiel mit Staub diesmal, sondern eine konkrete Drohung. Können Sie sich vorstellen, was mit ›Schuld‹ gemeint ist?« Justus blickte den Rennfahrer eindringlich an.

»Nein, ich habe nicht den leisesten Schimmer, und überhaupt reicht es jetzt. Ich werde sofort mit George Fresco reden und dieser Farce ein Ende bereiten.«

Aidan wollte die Halle verlassen, doch Justus hielt ihn am Ärmel fest. »Bitte überstürzen Sie nichts. Natürlich liegt es mehr als nah, dass Mr Fresco in irgendeiner Form an dem Austausch des vermeintlichen Hochleistungsmotors gegen diesen gewöhnlichen alten V8 beteiligt ist, dennoch gilt es, einige offene Fragen zu klären. Vor allem über die Hintergründe fehlen uns noch die entscheidenden Informationen. Und was den letzten Drohbrief angeht: Wir müssen den Absender finden, bevor er seine Drohung wahr machen kann. Sprechen Sie noch nicht mit Mr Fresco, bitte. Das würde – verzeihen Sie mir das kleine Wortspiel – zu viel Staub aufwirbeln. Wie gesagt, geben Sie uns bis morgen Mittag Zeit. Bevor der PreRun startet, werden wir den Fall gelöst haben.«
»Also gut, ihr Superdetektive. Aber wenn ihr bis dahin nichts rausgefunden habt, mache ich reinen Tisch. Unter diesen Umständen kann ich sowieso nicht weiter für das *Star*-Team fahren.«

Lies weiter auf Seite 121.

Du bist von Seite 82 hierhergelangt.

Ian Miller erwartete die drei ??? bereits am Info-Point. Lautstark begrüßte er die Jungen, als hätten sie sich seit Ewigkeiten nicht gesehen. »Na, Jungs, wo sollen wir mit unserer Tour beginnen? Bestimmt wollt ihr den *Star*-Rennbereich sehen, oder? Ich nehme doch an, ihr seid auf unseren Top-Fahrer gespannt! Wie ich immer sage: Ist es nicht top, ist es ein Flop. Mein Motto!«

»Mit Verlaub, Sir, wir waren so frei, die uns zur Verfügung stehende Zeit zu nutzen und uns schon ein wenig umzusehen. Dabei haben wir auch kurz Ihren Teambereich erkundet und einige Ihrer Mitarbeiter kennengelernt«, informierte Justus ihren Auftraggeber.

»So, habt ihr?« In Ian Millers Gesicht zeichnete sich Enttäuschung ab. »Vielleicht fangen wir dann damit an, dass ich euch unser Büro zeige. Dann lernt ihr gleich meinen Partner, George Fresco, kennen. Danach führe ich euch hier auf dem Gelände herum.«

»Aber wir würden uns natürlich auch freuen, wenn Sie uns noch einmal offiziell beim Rennteam vorstellen«, versicherte Justus aufrichtig. »Schließlich haben wir ja noch nicht die gesamte Crew kennengelernt.«

»Außerdem hatten wir noch keine Zeit, mit dem *Dustmaster* zu sprechen, und ich brenne darauf, ihn kennenzulernen«, beteuerte der Zweite Detektiv.

»Na gut, Jungs.« Ein kindliches Strahlen legte sich auf Ian Millers Gesicht. »Dann auf zur großen Rundtour. Ich zeige euch einfach alles und danach lade ich euch auf ein ordentliches Abendessen ein. Wie klingt das?«

»Das klingt hervorragend, Sir!« Justus strahlte.

»Dann kommt. Zuerst stelle ich euch den genialen Chef von *AMC Motors*, George Fresco, vor. Er ist der Kopf hinter dem neuen *Star*-Truck-Motor. Folgt mir einfach und passt auf, dass euch kein Trophy Truck erwischt. Ich sage immer, kommt ein Rad, folgt meist ein Truck. Mein Motto!«

»Oje«, flüsterte Peter dem Ersten Detektiv zu. »Die Motto-Themen unseres Auftraggebers werden immer schräger.«

Justus konnte sich ein Grinsen nicht verkneifen.

Lies weiter auf Seite 79.

Du bist von Seite 38 hierhergelangt.

»Nein, das halte ich für keine gute Idee. Du könntest entdeckt werden. Und Mr Miller könnte uns das übel nehmen.« Justus schüttelte energisch den Kopf. Er zog Peter mit sich in den Schatten eines anderen Containers.

Peter war seine Enttäuschung anzumerken. »Aber hier ist doch weit und breit niemand zu sehen. Soll unsere ganze Verfolgung umsonst gewesen sein?«

»Das war sie definitiv nicht. Wir wissen jetzt, wie Ian Millers Geschäftspartner aussieht und wo sich sein Bürocontainer befindet. Das kann uns im Verlauf unserer weiteren Ermittlungen noch von Nutzen sein.«

»Was schlägst du also vor, Just? Sollen wir einfach so abziehen. Jetzt, wo wir Mr Miller gefunden haben?«

»Zumindest für den Moment, ja. Ich denke, es ist dringend geboten, dem Bürocontainer zu einem späteren Zeitpunkt einen erneuten Besuch abzustatten, wenn wir ungestört sind, um ein wenig in den Unterlagen zu stöbern.« Justus grinste verschwörerisch. »Aber jetzt lass uns zurück zu Bob gehen.«

Sie fanden den dritten Detektiv an einem der Holztische, die vor dem großen Verpflegungszelt standen. Er leerte gerade ein Glas Orangenlimonade. Neben ihm auf dem Boden standen die Taschen der drei ???. »Da seid ihr ja endlich. Habt ihr Mr Miller gefunden?«

Justus berichtete, was sie erlebt hatten. Als er seinen Bericht beendet hatte, nickte Bob zustimmend. »Es war auf jeden Fall die richtige Entscheidung, nicht auf den Container zu klettern. Wer weiß, vielleicht wärst du noch durch das Dach gebrochen. Mitten zwischen die Streithähne.«

»Quatsch, so instabil sind diese Containerdächer nicht und

schließlich bin ich nicht so pummelig wie unser Erster.« Peter zwinkerte.
Justus warf dem Zweiten Detektiv einen leicht pikierten Blick zu. »Wir sollten die Beziehung zwischen Ian Miller und seinem Partner jedenfalls mit einem Fragezeichen versehen. Vielleicht hat der Streit mit unserem Fall gar nichts zu tun und es ging lediglich um eine organisatorische Frage. Dennoch könnten die Spannungen zwischen den beiden auch von elementarer Bedeutung sein. Wie dem auch sei, ich hole mir jetzt ebenfalls eine eisgekühlte Limonade. Und für unser Leichtgewicht vielleicht ein Glas Wasser?«
»Schon gut, Just«, sagte Peter versöhnlich. »Ich hole uns die Getränke.«
»Ich nehme auch noch eine Limo«, warf Bob ein.
Kurz darauf kam der Zweite Detektiv mit einer Runde Limonade zurück und stellte die Gläser auf den Tisch.
»Übrigens, mir ist auch etwas Komisches passiert. Während ich in der Schlange an der Bar anstand, hatte ich die ganze Zeit das Gefühl, dass mich jemand beobachtet.«
»Und, war es so?« Peter rührte mit seinem Strohhalm in seinem Getränk.
»Kann ich nicht mit Sicherheit sagen. Ich habe versucht, mich umzugucken, aber ich musste ja auch unsere Taschen im Blick behalten. Die hatte ich hier beim Tisch stehen lassen. Beim Bezahlen musste ich für einen Moment weggucken. Als ich wieder hinsah, beugte sich ein Typ über Peters Rucksack. Ich lief sofort zu ihm, aber er drehte sich blitzschnell um und verschwand in der Menge. Wegen unseres Gepäcks konnte ich ihn leider nicht verfolgen.«

»Hoffentlich fehlt nichts!«, rief Peter und kramte in seinem Rucksack. »Nein, scheint alles noch da zu sein.« Erleichtert atmete er auf.

»Ich glaube auch nicht, dass es einfach ein gewöhnlicher Dieb war«, merkte Bob an. »Obwohl alles so schnell ging, kam mir der Mann irgendwie bekannt vor. Im ersten Moment dachte ich sogar, es wäre unser Chauffeur, aber er hatte ganz andere Sachen an und trug eine Sonnenbrille und ein Baseballcap.«

»Der Typ, der uns vorhin hierhergebracht hat? Das kann ich mir nicht vorstellen. Der ist doch direkt zurück nach Rocky Beach gefahren.« Peter ließ seinen Rucksack wieder auf den Boden sinken.

»Da hast du recht«, gab Bob zu. »Aber dann gibt es hier jemanden, der ihm verdammt ähnlich sieht.«

»Und wenn er es doch war, was wollte er dann bei Peters Rucksack? Er hat uns ja heute zum ersten Mal gesehen. Allerdings weiß er durch unser Gespräch mit Mr Miller während der Autofahrt, dass wir Detektive sind. Wir sollten auf jeden Fall die Augen offen halten.«

»Das sollen wir doch sowieso«, bemerkte Peter.

»Okay.« Bob stand auf. »Aber jetzt bin ich dafür, endlich das Gepäck in unser Wohnmobil zu bringen. Ich darf gar nicht daran denken, dass wir unsere Taschen bei der Hitze bis ans andere Ende des Renngeländes schleppen müssen.«

Die drei ??? brachten ihre Gläser zurück zum Versorgungszelt und machten sich auf den Weg zu ihrem Wohnwagen.

Weiter geht es auf Seite 57.

»Liegt es also wieder an mir zu entscheiden«, sagte Bob. »Kurze Verschnaufpause, dann auf zur Rennstrecke.« Er warf einen Blick in den Kühlschrank. »Was haben wir denn hier?«
Peter sah ihm über die Schulter. »Hmmm, großartig. Eisgekühlte Getränke und ein Teller mit Sandwiches. Also, man kann über Mr Miller sagen, was man will, aber die Versorgung ist schon mal erstklassig.«
»Just, was hältst du von einem kleinen Imbiss, bevor wir losgehen?«, fragte Bob.
»Dagegen ist nichts einzuwenden, Dritter.« Justus rieb sich den Bauch.
Bob holte die Sandwiches aus dem Kühlschrank. »Wie wäre es außerdem mit einer *Sparkling Star*-Cola, Kollegen?«
»Gute Idee.«
»Was möchtest du, Just? Es gibt Schinken, Käse mit Tomaten und Avocado mit Hühnchen.«
»Ein Schinkensandwich, bitte«, entschied Justus.
»Gut, ich nehme Käse, und für dich, Peter, bleibt dann das Hühnchen.« Bob legte die Brote auf Teller und reichte sie weiter.
»Na, dann her damit.« Peter biss herzhaft in sein Sandwich. »Schmeckt gar nicht mal so schlecht. Nur ein etwas komischer Nachgeschmack. Liegt wohl an der Avocado.«
»Das wäre ungewöhnlich«, referierte der Erste Detektiv. »Die Avocado, wegen ihres hohen Fettgehaltes auch Butterfrucht genannt, gehört zur Familie der Lorbeergewächse und ist aus botanischer Sicht dem Obst zugeordnet. Es gibt –«
»Na, mit Fettgehalt kennst du dich ja aus, Just. Aber halte keine Vorträge, sondern iss lieber. Wir wollen uns ja noch

Du bist von Seite 57 hierhergelangt.

umsehen, bevor wir uns mit unserem charmanten Auftraggeber treffen.« Peter trank seine Cola aus.
»Der kleine Imbiss tut richtig gut, obwohl ich jetzt plötzlich große Lust habe, mich für eine Weile aufs Bett zu legen.«
»Geht mir genauso, Bob«, pflichtete Peter dem dritten Detektiv bei. »Mich überkommt so eine wohlige Müdigkeit. Es heißt ja auch, nach dem Essen sollst du ruhn.«
Justus gähnte. »Auch ich kann mich einer gewissen Somnolenz nicht erwehren.«
»Mensch, Erster, musst du sogar jetzt so geschwollen daherreden?« Peter gähnte ebenfalls ausgiebig.
»Dann legen wir uns mal zehn Minuten hin. Wir haben doch noch genug Zeit, oder?«
Justus blickte auf seine Uhr. Die Zahlen verschwammen vor seinen Augen. »Sicher, Bob, obwohl ich mir diese plötzliche extreme Müdigkeit nicht wirklich erklären kann. Ob da etwas im Essen …« Sein Kopf sackte zur Seite und er fiel ebenso wie seine beiden Freunde in eine bodenlose Dunkelheit.

Irgendwann wurden die drei ??? von energischem Klopfen an der Wohnwagentür und einer wütenden Stimme geweckt.
»Jungs, seid ihr da drin? Macht sofort die Tür auf!«
Justus rieb sich die müden Augen. »Wie spät ist es?« Er blickte auf seine Uhr. »Kollegen, wir haben mehr als fünf Stunden geschlafen!«, rief er erschrocken aus.
Bob streckte sich. »Was ist das denn für ein Höllenlärm?«
Jetzt wurde auch Peter wach. »Wenn ihr mich fragt, Freunde, klingt das nach unserem Auftraggeber. Haben wir etwa unser Treffen verpennt?«

»Mehr als das! Das war kein gewöhnlicher Schlaf.« Justus zog die Augenbrauen zusammen.

»Hört ihr mich?«, brüllte Ian Miller von draußen.

»Moment, Sir, wir kommen.« Der Erste Detektiv stand noch leicht benommen auf und öffnete die Tür. »Entschuldigen Sie, Mr Miller, dass wir das Treffen versäumt haben. Wir haben die bereitgestellten Sandwiches gegessen und sind nach dem Imbiss unerwarteterweise eingeschlafen.«

»Ach, eingeschlafen sind die sogenannten Detektive.« Ian Miller hatte einen hochroten Kopf.

»Bitte regen Sie sich nicht auf, Sir. Wir sind sofort für den Rundgang bereit«, versuchte Justus ihren Auftraggeber zu beruhigen. »Es ist unüblich für uns, zu einem Treffen nicht zu erscheinen. Ich glaube, jemand hat uns absichtlich ein Schlafmittel verabreicht.«

»Es interessiert mich nicht, was du glaubst, Junge. Der Rundgang hat sich erledigt. Während ihr geschlafen habt, habe ich nicht nur kostbare Zeit am Info-Point verplempert, sondern es wurde ein Teammitglied vergiftet und musste in die nächste Klinik gebracht werden. Als ob das nicht reichen würde, ist auch noch unser Truck in Flammen aufgegangen. Ein Löschteam und viele Helfer aus den anderen Teams konnten das Feuer eindämmen, aber unser Wagen ist hinüber!« Ian Miller redete sich immer weiter in Rage. »Ich habe euch engagiert, damit ihr die Augen offen haltet. Und nicht, damit ihr Dornröschen spielt! Ihr seid gefeuert!«

»Bitte Sir, ich verstehe Ihren berechtigen Zorn, aber wir könnten Ihnen helfen, die Vorfälle aufzuklären, wenn Sie uns noch eine Chance geben«, bat Justus eindringlich.

»Drei Grünschnäbel sind eben doch keine Detektive. Ich hätte niemals auf Morton hören und mir gleich einen echten Fachmann engagieren sollen. Packt eure Sachen, ihr reist sofort ab.«
Den drei Detektiven war klar, dass jemand sie mithilfe eines Schlafmittels im Essen absichtlich außer Gefecht gesetzt hatte. Doch ohne Auftrag konnten sie nicht mehr ermitteln, wer der Übeltäter der Vorkommnisse im Rennlager war und ob es derselbe war, der es auf die drei ??? abgesehen hatte. Ian Miller ließ sich nicht beschwichtigen. Er glaubte den Freunden kein Wort. Für Justus, Peter und Bob war der Fall damit erledigt. Sie mussten sich geschlagen geben und nach Rocky Beach zurückfahren.

Kehre zurück zu Seite 57 und entscheide dich um.

»Komm schon, Peter, wer klaut schon unsere Klamotten? Du hattest doch eh keine Lust, wie ein Packesel durch das Renncamp zu stapfen«, versuchte Bob seinen Kollegen zu überzeugen.

»Du hast ja recht, Bob«, seufzte Peter. »Also gut.« Er zog seinen Geldbeutel aus der Tasche. »Dann lasst uns zusammenlegen für den Gepäckservice.«

Die drei ??? bezahlten die 20 Dollar und platzierten ihre Sachen vor dem geschlossenen Schalterfenster.

Die Dame vom Info-Point warf ihnen einen strengen Blick zu. »Denkt an eure Wertsachen.«

»Natürlich«, versicherte Justus, während er sein Portemonnaie aus der Tasche holte und in die Hosentasche steckte. »Peter, hast du dein Dietrichset dabei?«

»Klar!« Der Zweite Detektiv nickte.

»Dann solltest du das auch einstecken.«

»Wird gemacht, Erster.« Peter griff in seinen Rucksack.

»Prima, den Ballast sind wir los. Und wie geht es jetzt weiter?«, wollte Bob wissen.

»Jetzt sollten wir uns nach dem Stützpunkt des *Star*-Teams umsehen.« Der Erste Detektiv blickte sich suchend um.

»Ist das dort hinten auf der Fahne nicht das Logo von *Sparkling Star Cola*?«

»Gut gesehen, Bob. Kommt, Kollegen.«

Weiter geht es auf Seite 21.

Du bist von Seite 16 hierhergelangt.

Du bist von Seite 20 hierhergelangt.

Justus und Peter entfernten sich von der Verpflegungsstation und gingen die Zeltreihen entlang.
»Meinst du, wir finden Mr Miller wieder? Er kann doch mittlerweile überall stecken.« Peter sah sich um. »Also, ich seh den Wald vor lauter Zeltplanen nicht. Wir sollten umkehren.«
»Hier irgendwo muss der Rennbereich beginnen«, widersprach Justus. »Unser Auftraggeber wollte zu einem Gespräch mit seinem Geschäftspartner. Entweder treffen sie sich direkt beim *Star*-Team-Stützpunkt oder –«
»Dort hinten stehen mehrere Container, Just«, unterbrach ihn der Zweite Detektiv. »Vielleicht ist er da hingegangen.«
»Gut beobachtet, Zweiter. Wir sehen mal nach.«
Die beiden Jungen schlenderten wie zufällig näher an die Container heran. Als sie den ersten erreicht hatten, flüsterte Peter seinem Freund zu: »Und was machen wir jetzt?«
»Jetzt versuchen wir, möglichst unauffällig einen Blick durch eins der Fenster zu werfen.«
Peter nickte und näherte sich vorsichtig einem Fenster an der langen Seite der blechernen Behausung. Er streckte sich und warf einen Blick in das Innere. »Niemand zu sehen. Scheint eine Art Büro zu sein. Ein Schreibtisch, Computer, ein bisschen Papierkram.«
»Gut, dann auf zum nächsten Container.«
Die beiden umrundeten das Behelfsgebäude und liefen leise zum nächsten. Am benachbarten Container lief ein Generator, und ein Ventilationsrotor drehte sich laut quietschend an der Außenwand.
Justus und Peter schoben sich an der Wand entlang. Auch hier fand sich ein Fenster in für Peter erreichbarer Höhe.

Der Zweite Detektiv warf ebenfalls einen Blick in den Innenraum. »Just, da ist tatsächlich Mr Miller. Er redet mit einem grauhaarigen Mann. Ob das wohl sein Geschäftspartner ist? Die beiden scheinen sich zu streiten. Mr Miller ist hochrot im Gesicht und der andere Typ sieht aus, als würde er Zitronen kauen. Ich würde zu gerne wissen, worüber die beiden sprechen. Aber bei dem Lärm des Generators kann ich kein Wort verstehen.«

Justus überlegte kurz. »Dann muss uns vorerst das Wissen genügen, dass im *Star*-Team zwischen den Geschäftspartnern Unfrieden herrscht. Warum das so ist, gilt es noch herauszufinden. Aktuell wäre es allerdings klüger, umzukehren. Mr Miller soll nicht mitbekommen, dass wir auch ihn im Auge behalten.«

Peter zögerte. Er sah sich den Container genau an und hielt den Ersten Detektiv am Ärmel fest. »Warte mal, Just, da oben auf dem Dach ist eine Luke auf. Wenn ich über die Box vom Generator klettere, kann ich das Dach erreichen und vielleicht etwas vom Gespräch mithören.«

Nein, lieber kein Risiko eingehen. Kehre um und lies weiter auf Seite 30. Oder wer nicht wagt, der nicht gewinnt? Soll Peter auf das Dach des Bürocontainers klettern, um den Streit mitzuverfolgen? Lies weiter auf Seite 86.

Du bist von Seite 91 hierhergelangt.

Die drei ??? liefen geduckt, aber zügig zur Rückseite der Halle, doch dort war niemand.
»Sie ist weg«, stellte Peter enttäuscht fest.
»Wenn es überhaupt Shawna war«, gab der dritte Detektiv zu bedenken.
Sie gingen zurück zur Vorderfront und trafen dort unvermittelt auf eine Gestalt, die sich an der Tür zur Garage zu schaffen machte. Es war allerdings eindeutig nicht Shawna, sondern ein hagerer Typ mit Spiegelbrille und Basecap. Als der Mann sie sah, drehte er sich um und rannte davon.
»Jetzt reicht es mir aber. Den schnappe ich mir!« Peter sprintete los und stürzte sich auf den Fremden. Er packte ihn an der Schulter.
Justus und Bob beeilten sich, ihrem Freund zu Hilfe zu eilen. Doch sie kamen zu spät. Der Fremde hatte sich losgerissen, stieß den Zweiten Detektiv von sich weg und verschwand in der Finsternis. Peter stürzte und landete hart auf dem Boden.
»Alles in Ordnung, Zweiter?«, erkundigte sich Justus besorgt.
»Nichts ist in Ordnung! Überall schleichen hier dubiose Leute rum, ausgerechnet Shawna schreibt Drohbriefe und wir sind mit unseren Ermittlungen keinen Schritt weiter.« Peter stand auf und klopfte sich den Sand von der Hose. »Aber immerhin weiß ich, wer der Typ war.«
»In der Tat? Hast du ihn erkannt?«
Peter nickte. »Als er mich weggestoßen hat, hat er sich auch selbst die verspiegelte Brille von der Nase gefegt. Es war unser Fahrer, Rick Lane«, berichtete Peter.
Justus war hocherfreut. »Prima, Zweiter. Damit sind wir mit unseren Ermittlungen doch durchaus einen Schritt weiter!«

»Meinst du, er ist unser Saboteur, Just?«
»Es spricht einiges dafür. Warum sollte sich der Mann sonst um diese Zeit heimlich Zutritt zum *Star*-Truck verschaffen wollen? Allerdings können wir es noch nicht beweisen.«
»Es hätte mich interessiert, was er diesmal manipulieren wollte. Schade, dass er mir entwischt ist.« Peter ließ die Schultern hängen.
»Was auch immer er vorhatte, wir haben ihn jedenfalls gestört, bevor er die Garage betreten konnte«, warf Bob ein. »Das ist doch auch ein Erfolg.«
»Richtig, Dritter.« Justus nickte. »Und nun sollten wir uns selbst Zutritt verschaffen und einen Blick unter die Motorhaube des Trucks werfen.«
Peter zog sein Dietrichset aus der Tasche und machte sich daran, die Tür zur Garage zu öffnen. Wenig später betraten die drei ??? die kleine Halle. Bob schloss hinter ihnen die Tür und schaltete das Licht an. Die drei Freunde sahen sich um. Alles war unverändert. Der Trophy Truck glänzte im Neonlicht. Die Luft war stickig und roch etwas abgestanden. Sie gingen am Reifenstapel vorbei und umrundeten den Truck.
»Okay, jetzt kommt die Stunde der Wahrheit!« Peter machte sich an der Motorhaube zu schaffen und hob sie an. Die drei ??? starrten auf den Motorblock im Wagen.
»Oh«, entfuhr es allen gleichzeitig.
»Äh, das soll der Wundermotor sein?«, fragte Bob skeptisch.
Justus blickte Peter an. »Du bist doch unser Fachmann für Autos. Sieht das für dich nach einem neuen, innovativen Motor aus?«

»Also, natürlich kann man auf den ersten Blick nicht sagen, ob da neue Technologie drinsteckt. Ihr erinnert euch, dass Cade sagte, die Einspritzung sei das Geheimnis der Leistungssteigerung. Dies hier ist mit Sicherheit ein V8-Motor, aber …«

»Aber«, fuhr Bob fort, »der Motor sieht aus, als hätte ihn jemand aus einem alten Pick-up ausgebaut. Ich meine, wenn der Wagen so funkelnagelneu aussieht, sollte ein neu entwickelter und gebauter Motor nicht ebenfalls annähernd neu wirken? Das Teil scheint uralt zu sein.« Er kratzte mit dem Fingernagel an einer Stelle herum, an der sich Korrosionsflecken befanden.

»Ich gebe zu, dass Motoren nicht zu meinem hundertprozentigen Fachgebiet gehören«, mischte sich Justus ein. »Aber für mich sieht dieser Motor nicht viel neuer aus als der in Onkel Titus' altem Lieferwagen.«

»Was hat *AMC Motors* davon, einen uralten Motor in einen neuen Trophy Truck zu bauen und zu behaupten, es sei ein Supermotor? Das macht doch keinen Sinn.«

»Unter gewissen Umständen macht das schon einen Sinn, Zweiter«, widersprach Justus. »Ich habe bereits einen konkreten Verdacht.«

»Ach ja, und welchen?« Peter sah gespannt aus.

»Den gleichen wie bei den vermeintlichen Drohbriefen und den Sabotagen«, sagte Justus.

»Ach, für die Sabotagen hast du auch schon eine Erklärung?« Peter verschränkte die Arme.

»Ja, es passt doch alles zusammen.« Justus lächelte überlegen.

»Denkst du, hinter all diesen Vorgängen steckt nur ein Täter?«, fragte Bob zweifelnd.

»Ob nur eine Person involviert ist, vermag ich zum jetzigen Zeitpunkt noch nicht sicher zu sagen, aber eindeutig haben alle diese Aktionen ein gemeinsames Ziel.«
»Dann rück schon raus mit deinen Schlussfolgerungen, Just!«, forderte der Zweite Detektiv.
Aber bevor der Erste Detektiv antworten konnte, brüllte jemand durch die Garage: »Hände weg von dem Wagen!«

Wer hat die drei ??? entdeckt? Lies weiter auf Seite 114.

Du bist von Seite 99 hierhergelangt.

»Der Motor läuft uns heute Nacht nicht weg«, sagte Justus. »Ich will wissen, was hinter dem Telefonat des *AMC*-Chefs steckt. Glaubt mir, Kollegen, ich habe so ein Bauchgefühl, dass dieses Treffen von elementarer Bedeutung für unseren Fall sein könnte.«

»Machst du dir jetzt das Motto unseres Auftraggebers zu eigen, Erster?«, fragte Peter belustigt.

»Ja, höre immer auf deinen Bauch«, lachte Bob. »Aber bei unserem Ersten ist es immerhin ein ganz besonderer Bauch.«

»Sehr komisch. Ich bin jedenfalls bemüht, weiterführende Spuren in diesem bisher ungelösten Fall nicht außer Acht zu lassen«, stellte der Erste Detektiv klar.

Peter und Bob gaben sich geschlagen. »Also gut, Just. Dann auf zum Büro von *AMC*.«

Die drei ??? liefen in Richtung der Container, aber obwohl sie den Weg eigentlich kannten, nahmen sie in dem Labyrinth der Wüstenstadt die falsche Abzweigung.

Erst mit einiger Verzögerung trafen sie bei *AMC* ein. Im Büro brannte Licht. Die drei Freunde wollten sich gerade näher heranschleichen, als die Tür aufging und eine Gestalt im Türrahmen erschien. Hastig verbargen sich die drei ??? im Schatten eines anderen Containers.

»Verflixt, das Treffen ist schon vorbei«, ärgerte sich Justus.

Als der Mann heraustrat, fiel der Lichtschein auf sein Gesicht.

»Seht mal, Kollegen.« Bob zog den Ersten Detektiv am Ärmel. »Den Typ kennen wir. Das ist doch unser Fahrer von heute früh. Dieser Rick Lane. Was hat er mit Mr Fresco zu tun?«

»Ja, was schon. Vermutlich fährt er für ihn heute Nacht irgendetwas irgendwohin. Deshalb auch das Geld. Wie ich schon vermutet habe, ist das alles ohne Belang für unseren Fall«, meinte Peter trotzig.

»Das glaube ich kaum! Los, wir verfolgen ihn«, forderte Justus seine beiden Kollegen auf.

»Na toll!« Der Zweite Detektiv seufzte hörbar.

Doch Justus ignorierte seinen Freund. »Nun macht schon, sonst entwischt er uns noch.«

Die drei ??? beeilten sich, dem Limousinenfahrer in sicherem Abstand zu folgen. Dieser verschwand im Dunkeln zwischen den Containern, ohne sich umzusehen. Sie konnten recht gut mit dem Mann mithalten, bis Peter aus Versehen mit dem Knie gegen einen Wegweiser stieß. Es gab einen lauten Knall.

»Aua!«, entfuhr es dem Zweiten Detektiv.

»Mensch, Peter, pass doch auf«, tadelte Justus leise.

»Danke, mir geht es gut«, antwortete Peter beleidigt.

Sie lauschten für einen Moment in die Finsternis.

»Ich glaube nicht, dass Mr Lane uns gehört hat«, bemerkte Bob. »Kannst du weiterlaufen, Zweiter?«

»Geht schon.« Peter belastete vorsichtig das Bein. Sein Knie schmerzte, aber mit jedem Schritt wurde es besser.

Weiter geht's auf Seite 60.

Du bist von Seite 21 hierhergelangt.

»Es ist gar nicht weit. Seht ihr dort hinten?« Shawna deutete auf zwei Fahnen. »Das ist die Basis des *Star*-Rennteams.« Die Fahnen wehten im heißen Wüstenwind. Justus erkannte das Emblem von *Sparkling Star Cola*. Auf der anderen Fahne war *AMC Motors* zu lesen.

Die drei ??? steuerten mit Shawna auf ein Gebäude mit Wellblechdach zu. An einer Seite der provisorischen Garage waren große Sonnensegel gespannt. Daneben befand sich noch ein kleineres Zelt. Unter den Sonnensegeln standen zwei Teammitglieder vor einem Wagen, der eher wie ein großes, skurriles Insekt aussah. Zumindest hatte dieses Vehikel wenig Ähnlichkeit mit den Trophy Trucks, die sie bisher hier gesehen hatten.

Peter bemerkte Justus' fragenden Gesichtsausdruck. »Das ist ein Prerunner«, erklärte er und freute sich insgeheim, einmal mehr zu wissen als der Erste Detektiv.

»Genau, Peter«, strahlte Shawna. »Du kennst dich gut aus. Mit dem Prerunner machen sich die Fahrer mit der Rennstrecke vertraut. Es ist quasi ein Trainingsauto. Wenn auch eines mit 500 PS.«

»510 PS«, unterbrach sie jemand, der plötzlich hinter ihnen stand. Shawna und die drei ??? drehten sich um.

»Mensch, Darren, musst du dich immer so anschleichen.« Shawna boxte dem jungen Mann, der sie angesprochen hatte, spielerisch in die Seite.

Er hob abwehrend die Hände. »Schon gut, Kleine. Beruhig dich!«

»Und nenn mich nicht immer ›Kleine‹!« Shawna verschränkte die Arme.

Der durchtrainierte Mann lachte. Er hatte ziemlich strubbeliges helles Haar und trug ein Poloshirt mit der Aufschrift »*Star*-Team«.

»Ihr kennt euch?«, fragte Bob. Er klang etwas enttäuscht.

»Klar, die Offroad-Renncommunity ist wie eine große Familie. Wenn man öfter dabei ist, kennt man irgendwann fast jeden«, erklärte Shawna. »Darf ich euch einen Fahrer des *Star*-Teams vorstellen? Das ist Darren Frasier. Wir kennen uns schon ewig. Er ist wie ein Bruder für mich.«

»Hallo.« Darren nickte den drei ??? zu. »Und wer seid ihr?«

»Wir«, beeilte sich Justus zu erklären, »sind Gäste von Mr Miller. Mein Name ist Justus Jonas und das sind meine Freuden Peter Shaw und Bob Andrews.«

»Oha, Gäste unseres großen Geldgebers. Seid ihr seine Verwandten oder wie kommt ihr zu dieser Ehre?« Darren blickte die drei Jungs neugierig an.

Es entstand eine kleine Pause. Bei der kurzfristigen Planung hatten die drei ??? und ihr Auftraggeber ganz vergessen, die Einzelheiten ihrer Tarnung zu besprechen. Vermutlich hatte Ian Miller geglaubt, dass niemand weiter nachfragen würde. Die drei Freunde sahen sich an und dann erklärte Justus schnell: »Nein, wir schreiben für unsere Schülerzeitung an einer Reportage über den Offroad-Rennsport.«

»Genau«, bestätigte Bob. »Mein Vater kennt Ian Miller und so haben wir die Erlaubnis bekommen, uns hier umzusehen, um für den Artikel zu recherchieren.«

»Aha, dann seid ihr also Junior-Reporter.« Darren Frasier grinste. »Wollt ihr uns Fahrer interviewen?«

»Nicht nur Sie, Sir, sondern auch die Mechaniker und den Rest des Teams. Es soll ein Bericht über die Offroad-Rennbranche im Allgemeinen werden«, informierte der Erste Detektiv den jungen Fahrer.

»Das scheint mir ein recht umfangreiches Projekt zu sein, an dem ihr arbeitet.« Darren zeigte sich interessiert.

»In der Tat, Sir.« Justus nickte. »Wir überlegen sogar, einen mehrteiligen Artikel daraus zu machen. Der Offroad-Rennkult aus verschiedenen Perspektiven.«

»Deshalb möchten wir auch so viel wie möglich erfahren«, ergänzte Bob.

»Nun denn, wie kann ich euch helfen? Und sagt doch bitte Darren zu mir. ›Sir‹ klingt so alt.« Darren Frasier lachte.

»In Ordnung, Darren. Wir haben in der Tat einige Fragen.« Justus machte ein wichtiges Gesicht und nickte Bob zu, der gleich verstand und sein kleines Notizbuch aus der Hosentasche zog.

»Also gut, was wollt ihr wissen?« Darren steckte die Hände in die Taschen.

»Kann man mal mit dem Trophy Truck mitfahren?«, fragte Peter, bevor der Erste Detektiv auch nur den Mund aufmachen konnte.

Shawna grinste. »Peter wollte schon in unseren Ford einsteigen. Pass auf, wenn du ihn mitnimmst, Darren. Er übernimmt sonst noch gleich selbst das Fahren!«

Der junge Mann lachte. »Das wird kaum möglich sein. Ich behalte gerne das Steuer in der Hand. Allerdings verstehe ich dich gut. Willst du mal Rennfahrer werden?«

»Hm, das weiß ich noch nicht. Aber die Gelegenheit, mit einem Trophy Truck über eine Wüstenpiste zu donnern, sollte man sich nicht entgehen lassen.«

»Da muss ich dir uneingeschränkt recht geben!«, pflichtete ihm Darren bei. »Es gibt nichts Aufregenderes. Jedoch wird das nicht so einfach sein. Unseren neuen Trophy Truck fährt nur Aidan, und der lässt bestimmt niemanden mitfahren. Abgesehen von mir als Kopiloten beim Rennen.«
»Nicht mal für eine Testfahrt?«, hakte Peter nach.
»Niemals. Unser Top-Fahrer ist sich sicherlich viel zu fein dafür, Ians Gäste durch die Wüste zu kutschieren.« Darren hob bei dem Wort »Top« seine Hände und zeichnete mit den Zeigefingern Anführungszeichen in die Luft.
»Nun sei nicht so, Darren. Aidan ist wirklich kein schlechter Kerl«, versuchte Shawna den *Dustmaster* zu verteidigen. »Auch wenn er zugegebenermaßen ein wenig, nun ja, schwierig ist.«
Darren verdrehte die Augen. »Klar, dass du das sagst. Du bist ja auch ein Mädchen. Alle weiblichen Mitglieder der Rennteams schwärmen für Aidan. Ich weiß überhaupt nicht, was ihr alle an diesem Angeber findet.«
»Das stimmt überhaupt nicht!«, rief Shawna empört. »Du weißt genau, dass ich seine arroganten Sprüche nicht ausstehen kann. Aber ich denke, er meint es nicht so. Außerdem muss man so fair sein zu sagen, dass er ein klasse Fahrer ist.«
»Ach, wirklich?« Darrens Blick verfinsterte sich.
Die drei ??? verfolgten die Szene und warfen sich einen vielsagenden Blick zu.
Peter zischte Justus zu: »Kommt mir das nur so vor oder sind wir hier mitten in einer Soap gelandet?«
»Ich denke, das siehst du ganz richtig, Zweiter. Auch für mein Gefühl ein bisschen zu viel des Guten«, flüsterte Justus zurück.

Auf einmal besannen sich Shawna und Darren eines Besseren und wandten sich wieder den drei Detektiven zu.

»Verzeiht, Aidan ist ein altes Streitthema zwischen uns.« Shawna lächelte entschuldigend. »Wir wollten euch damit nicht langweilen.«

»Genau, es ist auch völlig egal«, gab sich Darren versöhnlich. »Wie gesagt, in unserer Rennfamilie gibt es natürlich auch mal kleine Meinungsverschiedenheiten. So etwas bleibt nicht aus, ist aber nicht ernst gemeint.« Darren strich sich etwas verlegen die Haare aus der Stirn. »Aber zurück zu deiner Frage, Peter. Was ich euch anbieten kann, ist eine Fahrt mit dem Prerunner. Da sind wir zwar lange nicht so schnell unterwegs, aber glaubt mir, das ist bei den üblen Bodenwellen der Sandpiste auch schon eine echte Herausforderung. Und wenn man es richtig macht, kann man selbst mit dem Prerunner meterhohe Sprünge erleben.«

»Das klingt toll!« Peter war sofort Feuer und Flamme.

Der Erste Detektiv sah weniger begeistert drein.

»Heute wird es allerdings nichts mehr mit einer Spritztour. Aber morgen früh könnten wir eine Runde drehen«, sagte Darren.

Bob und Peter nickten begeistert. »Das wäre großartig, danke, Darren!«

Der Fahrer grinste zufrieden. »Dann gehen wir jetzt mal rüber und ich zeige euch unseren Runner.«

»Mich müsst ihr leider entschuldigen, ich war schon viel zu lange weg. Nachher gibt mein Onkel noch eine Suchmeldung auf.« Shawna lächelte. »Ihr kommt doch jetzt sicher klar, oder?«

»Natürlich. Und vielen Dank, Shawna.«
»Jederzeit gerne. Man sieht sich.« Shawna winkte den drei ??? zum Abschied fröhlich zu.

Lies weiter auf Seite 75.

Du bist von Seite 7 hierhergelangt.

»Na, ich gehe jedenfalls davon aus, dass ihr mein Angebot annehmt.« Ian Miller sah die drei ??? erwartungsvoll an.

»Zunächst einmal wäre es für uns wichtig, zu erfahren, worum es sich bei diesem Fall konkret handelt. Erst dann können wir entscheiden, ob wir ihn annehmen. Vielleicht möchten Sie uns davon in Kenntnis setzen.«

»Ach. Man sagte mir, ihr nehmt jeden Fall an. Wieso müsst ihr dann noch entscheiden?« Mr Miller schien ernsthaft irritiert zu sein. »Außerdem wisst ihr doch sicher auch: Zeit ist Geld.«

Peter und Bob konnten dem Ersten Detektiv ansehen, dass dieser um Fassung rang. Bob musste sich ein Grinsen verkneifen.

»Mr Miller, wer hat uns denn empfohlen?«, fragte Peter, um die Situation ein wenig zu entspannen.

»Ein gewisser Morton. Er hat mich bei meinem Aufenthalt hier in der Gegend zu einigen Geschäftsterminen gefahren. Ein tüchtiger Mann. Ich fahre nie selbst, wenn ich in anderen Städten unterwegs bin. Das ist stressfreier. Dann kann ich mich ganz auf meine Termine vorbereiten. Im Geschäftsleben zählen nur Fakten. Daher ist eine gute Vorbereitung alles! Mein Motto.«

Justus räusperte sich. »Wenn Sie erlauben, hätten wir jetzt auch gerne einige Fakten. Wie Sie schon sagten, Vorbereitung ist alles!«

»Sicher. Also, die Reise geht in die Nähe von Barstow.«

»Barstow?« Peter zog eine Augenbraue hoch.

»Das ist eine Stadt am Fuße des Calico-Gebirges. Sie liegt in der Mojave-Wüste«, klärte Justus Peter auf.

»Ich weiß, wo Barstow liegt. Nur ist die Mojave-Wüste bei dieser Hitze so ziemlich der letzte Ort, an den ich fahren möchte«, zischte Peter.
Ian Miller hob beschwichtigend die Hände. »Ich bin mir sicher, ich kann euch für die Reise begeistern. In Barstow erwartet euch das Event der Saison. Ich sage nur: Mojave 250 und *The Dustmaster*.«
Der Erste Detektiv blickte Ian Miller verständnislos an, während Peters Augen immer größer wurden.
»Moment mal, Sie meinen tatsächlich …« Peters Stimme überschlug sich fast. »Das bedeutet, wir fahren …«
»Zum legendären Offroad-Wüstenrennen in die Mojave-Wüste. Genau, Junge! Ich bin nämlich der Hauptsponsor für das neue *Trophy Truck Star Team* und in dieser Saison fährt Aidan Cloud für uns. Mein Geschäftspartner George Fresco von *AMC Motors* hat mit seinen Leuten einen besonders leistungsstarken Motor entwickelt. Unser neuer Trophy Truck ist ein 800-PS-Monster ganz im *Sparkling Star Cola*-Design.«
»Ich fasse es nicht«, sagte der Zweite Detektiv. »Aidan *The Dustmaster* Cloud. Der Gewinner der letztjährigen Baja 1000 in Mexiko. Das ist eines der härtesten Offroad-Rennen der Welt.«
»Davon habe ich auch schon mal gehört«, meldete sich Bob zu Wort. »Könnte interessant werden.«
»Mir ist aber immer noch nicht klar, Mr Miller, wie wir Ihnen als Detektive helfen können«, wandte Justus ein.
»Schon gut, Junge. Also, während der Rennvorbereitungen sind einige merkwürdige Dinge passiert. Unser neuer Trophy Truck ist immer wieder ausgefallen, obwohl die Techniker

ihn regelmäßig überprüft haben. Ständig führten kleinere Fehler zum Abbruch des Trainings. Da wir ein neues Team sind, hatten wir einige Testläufe geplant. Einmal war mitten auf der Rennstrecke plötzlich der Treibstoff alle, dann stimmte der Reifendruck nicht. Dann wieder gab es Probleme mit den Stoßdämpfern und danach haben die Bremsen ihren Dienst versagt. Inzwischen frage ich mich, ob Absicht dahintersteckt. Ich muss sichergehen, dass bei dem Rennen in drei Tagen alles glattläuft. Ein Ausfall des Rennwagens wäre nicht gut für mein Ansehen als Sponsor.«

»Hm, es könnte sich um ganz normale technische Probleme handeln, die es im Testverlauf zu beheben gilt. Sonstige Hinweise auf eine mögliche Sabotage haben Sie nicht?« Der Erste Detektiv zog zweifelnd eine Augenbraue hoch.

»Nein, aber mein Bauchgefühl sagt mir, dass etwas nicht stimmt. Und als Geschäftsmann kann ich mich auf mein Bauchgefühl verlassen. Höre immer auf deinen Bauch. Mein Motto!«

»Gut, Mr Miller, ich werde mich mit meinen Kollegen beraten. Wir rufen Sie dann an, ob wir den Fall übernehmen.«

»Aber lasst euch nicht zu viel Zeit, Jungs. Morgen soll die Reise losgehen. Das Team ist schon vor Ort.«

»Natürlich, Sir. Wir melden uns noch heute bei Ihnen. Darf ich Ihnen vielleicht auch noch unsere Karte überreichen?« Justus fischte in seiner Hosentasche nach der Visitenkarte der drei ???, doch Ian R. Miller winkte ab.

»Lass mal gut sein, Junge. Ihr habt meine Karte. Das genügt. Ruft mich einfach an.« Damit drehte er sich um und verließ den Schrottplatz.

Justus war für einen Moment sprachlos. Dann wandte er sich an seine beiden Detektivkollegen. »Was denkt ihr?«

»Ich denke, Mr Miller ist es gewohnt, im Mittelpunkt zu stehen – genau wie unser Erster.« Peter grinste. »Er ist dir ganz schön über den Mund gefahren, Just.«

»Die Manieren von Ian Miller stehen hier nicht zur Debatte. Ich meinte, sollen wir den Fall übernehmen? Wenn es sich dabei wirklich um einen Fall handelt.«

»Okay, vielleicht will Mr Miller sich nur wichtigmachen«, gab Peter zu. »Aber überlegt doch mal. Wir hätten die Möglichkeit, bei einem Trophy-Truck-Rennen live dabei zu sein. Ganz nah am Geschehen. Wir könnten hinter die Kulissen blicken und Aidan Cloud kennenlernen. Vielleicht könnten wir sogar mal in so einem Wagen mitfahren. Mit 800 PS über Sandpisten zu rasen, davon habe ich schon immer geträumt.«

»Eben hast du noch davon geträumt, auf dem Surfbrett zu stehen«, warf Justus ein. »Ehrlich gesagt, glaube ich nicht, dass die Angelegenheit ein Fall für die drei ??? ist.«

»Ach komm, Erster, das sagst du doch nur, weil dir Mr Miller unsympathisch ist. Wir sollten uns die Reise nicht entgehen lassen. Wenn es keinen Fall gibt, umso besser. Dann können wir einfach das Rennen genießen.«

»Ich habe es durchaus nicht nötig, meine Entscheidungen von Oberflächlichkeiten wie dem ersten Eindruck eines Menschen abhängig zu machen, sondern kann aufgrund logischer Schlüsse und –«

»Schon gut, Justus. Du bist dagegen, dass wir diesen Fall annehmen. Ich bin dafür. Dann hängt es jetzt also an Bob.«

Peter und Justus blickten ihren Freund erwartungsvoll an.

»Na prima, und dann bin ich der Buhmann, wenn ich mich nicht richtig entscheide.« Der dritte Detektiv war gar nicht begeistert. Er schnippte einen Fussel von seinem T-Shirt, um Zeit zu gewinnen.

»Mach dir keine Gedanken, Bob. Wir werden deine Entscheidung voll und ganz akzeptieren«, ermutigte Justus seinen Freund.

Hilf Bob zu entscheiden. Wenn du meinst, die drei ??? sollten den seltsamen Auftrag ablehnen, lies weiter auf Seite 102. Wenn die Detektive den Fall annehmen und Ian Miller in die Mojave-Wüste begleiten sollen, lies weiter auf Seite 12.

»Das sind ja irrsinnig viele Campmobile. Wie sollen wir da nur unseres finden?« Peter sah sich ratlos um.
»Nur die Ruhe, Zweiter. Mr Miller sagte doch, unser Quartier befindet sich am Ende der fünften Wagenreihe. Es müsste das dort hinten sein.« Justus wies auf einen mittelgroßen Campinganhänger, der unten aus braunem Holzimitat und oben aus beigefarbenem Kunststoff bestand. Ein Fenster war durch eine Plastikfolie ersetzt worden.
»Mann, ist das ein altes Schrottteil. Dagegen wirkt ja unsere Zentrale nigelnagelneu. Ich hätte nicht gedacht, dass sich unser großspuriger Auftraggeber traut, mit so einem schäbigen Campinganhänger hierherzufahren. Das werden bestimmt ein paar gemütliche Nächte.« Peter seufzte.
»Wir sind nicht zum Schlafen hier. Schon vergessen?«, erinnerte Justus den Zweiten Detektiv.
Plötzlich lachte Bob laut auf. »Dreht euch mal um, Kollegen! Ihr habt einfach in die falsche Richtung geschaut.«
»Wie mir scheint, lagst du mit deiner Persönlichkeitseinschätzung doch richtig, Peter«, bemerkte Justus trocken.
Die drei ??? blickten zu einem überlangen Wohnmobil, das in Metallicbraun schimmerte. Es war über und über mit funkelnden Sternen besprüht. Dazwischen prangte riesengroß der Schriftzug *Sparkling Star Cola* über die gesamte Breite des Wohnmobils.
»Wahnsinn«, entfuhr es Peter.
»Definitiv besser als der andere Campingwagen, aber das Design dieses Wohnmobils halte ich für ein wenig übertrieben.«
Peter grinste breit. »Ich finde, es passt hervorragend zu Mr Miller.«

Du bist von Seite 16, 30 oder 125 hierhergelangt.

»Na, dann los. Lasst uns dieses Luxuswohnmobil von innen ansehen.« Justus kramte in seiner Hosentasche und holte den Schlüssel raus.
»Schließ schon auf, Just«, drängte Peter.
Im Innenraum des Campmobils war es angenehm kühl. Dem Ersten Detektiv fiel gleich der Schalter für eine Klimaanlage neben der Eingangstür ins Auge.
»Hier lässt es sich aushalten.« Peter hatte seinen Rucksack auf eine großzügige Sitzecke geworfen. An der Wand darüber waren eine Multimedia-Anlage und ein großer Flachbildschirm installiert. Eine Küchenzeile mit Kühlschrank komplettierte den Wohnbereich.
Im hinteren Teil des Wohnmobils befanden sich zwei ausklappbare Stockbetten an den Wänden und ein Einbauschrank, außerdem ein kleines, aber funktionelles Bad mit Toilette.
Der Erste Detektiv klappte eines der Betten aus. »Ich schlafe unten«, erklärte er.
»Typisch. Bist wohl zu faul, die Leiter hochzusteigen«, zog Peter ihn auf.
Justus ignorierte die spitze Bemerkung.
»Es ist wirklich angenehm kühl hier drinnen«, bemerkte Bob. »Da hat man gar keine Lust, direkt wieder raus in die Hitze zu gehen.«
»Vielleicht sollten wir uns kurz ausruhen und unsere Sachen auspacken«, schlug Peter vor.
Justus schüttelte den Kopf. »Ich denke, wir sollten die restliche Zeit bis zum Treffen nutzen, um uns weiter auf dem Gelände umzusehen. Bei unserer Ermittlungsarbeit in der

Vergangenheit hat es sich durchaus als Vorteil erwiesen, möglichst zeitnah Fakten zu sammeln und –«

»Justus!«, fiel ihm Peter ins Wort, »erspare uns deine Vorträge über erfolgreiche Detektivarbeit. Lasst uns einfach gemeinsam eine Entscheidung fällen. Also, wie wollen wir vorgehen?«

Einen kühlen Kopf bekommen und das weitere Vorgehen im klimatisierten Wohnmobil besprechen? Weiter geht es auf Seite 33. Wenn die drei ??? direkt mit ihren Ermittlungen auf dem Renngelände beginnen sollen, lies weiter auf Seite 21.

Du bist von Seite 44 hierhergelangt.

Sie liefen, so schnell es ging, in die Richtung weiter, in der sie Rick Lane vermuteten, und fanden sich kurz darauf zwischen den geparkten Zugmaschinen und Tiefladern wieder.

»Wo jetzt lang, Just?«, flüsterte Peter.

Der Erste Detektiv sah sich um und überlegte kurz. »Ich denke, wir sollten …«, begann Justus, als ein verdächtiges Geräusch aus einem Lkw zu ihnen herüberdrang.

»Da scheint sich jemand im Laderaum dieses Lastwagens zu schaffen zu machen. Die hinteren Türen sind geöffnet.«

»Seht ihr die Aufschrift? Der Lkw gehört zu *AMC Motors*. Vermutlich wurde damit der Trophy Truck hierhergebracht. Und Rick ist dort ganz offiziell mit einem Auftrag von Mr Fresco beschäftigt. Du siehst Gespenster, Just.« Bob klang genervt. »Diese ganze Verfolgung ist Unsinn.«

»Das werden wir gleich herausfinden. Wir werden ihn einfach dazu befragen. Aus dem Laderaum kann er uns ja nicht entkommen.« Justus marschierte voran.

Als die Freunde vor dem offenen Laderaum standen, stutzten sie. Es war niemand zu sehen. Man konnte einige aufgestapelte Kartons auf der Ladefläche erkennen. Dahinter schien ein schwaches Licht.

»Mr Lane, sind Sie da drin?«, rief der Erste Detektiv. »Wir möchten kurz mit Ihnen sprechen.«

Niemand antwortete. Die drei ??? sahen sich an.

»Ob wir uns getäuscht haben? Vielleicht ist Mr Lane gar nicht hier«, zweifelte nun auch Justus. »Aber warum ist der Lkw offen?«

»Was wohl in den Kisten ist?«, wollte Peter wissen.

»Vermutlich Werkzeug«, meinte Bob.

»Sehen wir doch einfach mal nach.« Peter zog sich an der Ladekante hoch und kletterte in den Lastwagen. Bob und Justus folgten mit einiger Mühe. Sie gingen hinten auf das Licht zu. Als sie den Kartonstapel umrundet hatten, entdeckten sie eine auf dem Boden liegende Taschenlampe. Darunter lag ein Zettel. Bob bückte sich und hob den Zettel auf. »*Schnüffler-Versand erfolgt gratis*«, las er vor.

»Soll das ein Witz sein?«, schnaubte Peter entrüstet.

In diesem Moment schlug die Tür des Laderaums zu. Die drei ??? hörten, wie jemand sie verriegelte.

Peter lief hin und schlug dagegen. »Aufmachen! Wir sind hier drin!«

»Vergiss es, Peter, das war eine Falle und wir sind wie blöde Anfänger hineingetappt.« Justus ließ die Schultern hängen.

Kurz darauf wurde der Lastwagen gestartet und setzte sich in Bewegung.

»Die können uns doch nicht hier drinlassen«, rief Peter aufgebracht. »Wo fahren die mit uns hin?«

»Wir werden es früh genug erfahren.« Justus setzte sich auf den Boden. »Ich bin schuld an unserem Fehlschlag. Es tut mir aufrichtig leid, Kollegen.«

»Unsinn, Erster, wir haben alle nicht richtig nachgedacht«, versuchte Bob seinen Freund zu trösten.

Als der Lkw Stunden später an einer Tankstelle hielt, klopften die drei ??? wieder wie wild an die Wände. Der Fahrer staunte nicht schlecht, als er die Ladetür öffnete. Er beteuerte, nichts von seinen drei Fahrgästen gewusst und angeblich auch nichts gehört zu haben.

Ebenso wenig erfreulich gestaltete sich der Anruf bei Ian Miller. Sie mussten ihm beichten, dass sie sich nun weitab vom Geschehen befanden. Ian Miller sicherte ihnen zu, dass er ihnen einen Wagen vorbeischicken würde, der sie an der Tankstelle abholte. Von weiteren Ermittlungen der drei ??? wollte er aber nichts wissen, sosehr ihn Justus auch bekniete. Das nächste Mal, sagte Mr Miller, würde er gleich einen richtigen Detektiv engagieren. Der Wagen fuhr die drei ??? direkt zurück nach Rocky Beach.

Mit vielen Fragen und ohne die passenden Antworten saßen sie am nächsten Tag in ihrer Zentrale auf dem Schrottplatz. Sie trösteten sich mit Tante Mathildas Kirschkuchen und beschlossen, nie wieder von diesem Fall zu reden.
Geh zurück zu Seite 99 und entscheide dich um.

Du bist von Seite 118 hierhergelangt.

Der Felsen war nun kurz vor ihnen.

Peter löste hektisch seinen Gurt und krabbelte nach vorne. Mit großer Mühe riss er das Lenkrad herum. Der Prerunner streifte den Felsen hart und kam nach einiger Zeit in einer sandigen Senke zum Stehen.

Mit rasendem Herzen stiegen Justus und Peter aus dem Prerunner. Darren saß zusammengesunken am Steuer.

Die beiden Freunde zogen den Fahrer aus dem Wagen und legten ihn in den Sand. Darrens Lider flatterten.

Justus fühlte den Puls. »Sein Pulsschlag ist sehr unregelmäßig«, informierte er Peter.

»Was ist nur mit ihm los?« Peter sah besorgt auf den Rennfahrer. »Darren, kannst du uns hören? Sag doch etwas!«

»Mir ist so kalt«, flüsterte Darren.

»Kalt?« Peter zog die Stirn in Falten.

»Ich bekomme keine Luft.«

»Mach dir keine Sorgen, Darren, wir bringen dich zu einem Arzt.«

»Wie stellst du dir das vor, Just? Wir sitzen hier mitten in der Wüste.«

»Peter, kannst du den Prerunner starten? Wir setzen Darren nach hinten und du fährst uns zurück.«

»Ja klar, nichts leichter als das. Ich weiß noch nicht einmal, wo wir sind. Überall um uns herum ist nur Wüste.« Peter machte eine ausholende Handbewegung.

»Wir müssen es aber versuchen. Darren braucht dringend medizinische Hilfe. Versuch erst mal, den Wagen aus dieser Sanddüne zu bekommen. Ich kümmere mich um Darren.«

»Also gut.« Peter setzte sich in den Prerunner und ließ den

Motor an. Zweimal würgte er ihn ab, beim dritten Versuch begann der V8 gemächlich vor sich hin zu blubbern. Doch als Peter das Gaspedal betätigte, drehten die Räder durch. »Es klappt nicht!«, rief er Justus zu. »Der steckt im Sand fest.«

»Versuch es weiter, Peter!«, forderte ihn der Erste Detektiv auf.

Während der Zweite Detektiv mit dem Prerunner kämpfte, öffnete Justus Darrens Rennanzug, um dem stöhnenden Mann mehr Luft zum Atmen zu verschaffen. Dann zog Justus ihm die Handschuhe aus und bemerkte darin ein feines Pulver, ebenso an Darrens Fingern. Einem inneren Instinkt folgend zog der Erste Detektiv ein Taschentuch aus der Hosentasche und wischte damit vorsichtig Darrens Hände sauber, genauestens darauf bedacht, nicht selber mit dem Pulver in Berührung zu kommen.

Peter versuchte immer wieder, den Wagen aus dem Sand zu befreien, ohne Erfolg. »Es funktioniert nicht, Just!« Verzweifelt gab der Zweite Detektiv Gas. Doch der Prerunner grub sich bei jedem Versuch nur weiter in den Sand ein.

»Gib nicht auf. Wir müssen unbedingt zurück auf die Strecke. Nur dann haben wir eine Chance, Darren rechtzeitig zu einem Arzt zu bringen. Ich befürchte, er ist vergiftet worden.«

»Was? Das ist doch nicht möglich.« Peter konnte es kaum glauben, als der Wagen plötzlich einen Satz aus dem weichen Sand nach vorn machte. Die Räder erfassten festeren Boden und der Wagen preschte vor. Peter brachte das Gefährt vor einem trockenen Gestrüpp zum Stehen.

»Prima, Zweiter! Du hast es geschafft.« Justus zog den jungen Fahrer hoch. »Darren, bleib wach. Du musst durchhalten.«

Dann hievte er ihn mit einiger Mühe auf den Rücksitz des Prerunners und setzte sich daneben.
Peter drückte seinen Fuß auf das Gaspedal und steuerte das Fahrzeug holpernd zurück auf die staubige Piste. Er wählte die Richtung, aus der sie gekommen waren, und hoffte sehr, dass sie es rechtzeitig zurück zum Lager schaffen würden.

Lies weiter auf Seite 133.

Du bist von Seite 95 hierhergelangt.

Shawna führte Bob ins Hauptzelt des *Sierra*-Teams. Dort herrschte schon geschäftiges Treiben. Mehrere Männer wechselten die Reifen an dem mattschwarzen Ford F150 aus.

»Komm hier rüber. Dort ist der Arbeitsplatz meines Onkels.«

»Meinst du, es ist okay, wenn ich an seinen Computer gehe?«, fragte Bob.

»Klar, mein Onkel ist immer hilfsbereit und ich bin ja dabei, sodass du nicht in seinen Dateien auf dem Rechner rumschnüffeln kannst. Außerdem bin ich euch ja was schuldig.« Shawna lächelte Bob zu und klappte den Laptop auf.

»Na, vielen Dank für dein Vertrauen.« Der dritte Detektiv setzte sich zu Shawna und gemeinsam fingen sie an, das Internet nach dem Namen Rick Lane zu durchsuchen. Doch all ihre Bemühungen blieben vergeblich. Zwar fanden sich etliche Personen mit diesem Namen, doch keine Beschreibung passte auf den Chauffeur. Es gab nicht den kleinsten Hinweis auf diesen Mann im Netz.

Nach einer halben Stunde wurde der dritte Detektiv ungeduldig. »Das gibt es doch nicht«, schimpfte er leise.

»Na, was treibt ihr denn hier?«, ertönte plötzlich eine tiefe Stimme hinter Bob und Shawna.

»Hallo, Onkel Seth!«, rief Shawna freudig. »Darf ich dir Bob Andrews vorstellen? Er ist ein Gast vom *Star*-Rennteam. Außerdem ist er Junior-Reporter und als solcher recherchiert er gerade. Ich hoffe, es ist okay, dass ich ihm unser Internet zur Verfügung gestellt habe?«

Seth Lee gab sich großmütig. »Solange ihr keinen Unsinn damit anstellt. Ich habe darauf unsere Teamaufstellung und den Rennablauf gespeichert. Was sucht ihr eigentlich?«

»Wir suchen nach Hintergrundinformationen über einen Mann mit dem Namen Rick Lane. Er arbeitet als Chauffeur«, informierte Shawna ihren Onkel.
»Rick Lane? Hm, sagt mir nichts. Aber ich kannte mal einen Erik MacLaine. Er war ein junger, hoffnungsvoller Offroad-Rennfahrer, bis er einen schlimmen Unfall hatte.« Mr Lee blickte für einen Moment gedankenverloren in die Ferne.
»Was ist passiert?«, erkundigte sich Bob.
»Erik wollte bei einem Rennen einen anderen Fahrer überholen, doch dieser ließ ihn nicht so einfach gewähren. Sie lieferten sich auf der Strecke einen erbitterten Kampf um die Führungsposition. Als Erik noch kurz vor der Zielgeraden erneut versuchte, an seinem Kontrahenten vorbeizuziehen, rammte er einen Felsvorsprung und überschlug sich. Er erlitt schwere Verletzungen an der Wirbelsäule und musste notoperiert werden.«
»Weißt du, was aus ihm geworden ist, Onkel Seth?«, fragte Shawna.
»Einmal sah ich ihn noch auf dem Renngelände. Kurz nach der Operation. Er erzählte mir, dass seine Wirbelsäule versteift werden musste. Damit war es aus mit der Offroad-Karriere. Solche Sprünge sind schon für einen gesunden Rücken eine Herausforderung. Danach habe ich nie wieder etwas von ihm gehört.«
»Und du meinst, das ist der, den wir suchen? Das kann ich mir nicht vorstellen.« Shawna zuckte mit den Schultern.
Doch Bob nickte. »Es würde schon passen. Ein ähnlicher Name und ausgerechnet ein Offroad-Fahrer. Wissen Sie noch, wo und wann der Unfall genau passiert ist, Mr Lee?«

»Lass mich überlegen. Es müsste beim *Baja 1000*-Rennen vor sieben Jahren in Mexiko gewesen sein.«

Hastig gab Bob die Daten ein und fand mehrere Artikel über den Unfall. Ein Foto zeigte Erik MacLaine und seinen Truck vor dem Ereignis. Aufgeregt deutete Bob auf den Bildschirm: »Volltreffer! Er ist es. Und hier steht, dass der gegnerische Fahrer, mit dem sich Erik das Kopf-an-Kopf-Rennen lieferte, Aidan Cloud war. Jetzt ergibt alles einen Sinn!«, jubelte der dritte Detektiv. »Rick Lane ist Erik MacLaine und er hat diesen Drohbrief geschrieben, weil er sich an Aidan Cloud rächen will. *Die Zeit der Abrechnung ist gekommen. Du wirst für deine Schuld mit dem Leben bezahlen.*«

»Aber warum erst jetzt?«, fragte Shawna.

»Keine Ahnung, vielleicht weil sich ihm erst jetzt die Möglichkeit dazu geboten hat. Vielleicht hat er sogar mitbekommen, dass Darren und Aidan sich wegen deiner Briefe gestritten haben, und die Gelegenheit genutzt«, mutmaßte Bob.

»Und was machen wir jetzt?«, wollte Shawna wissen.

»Wir müssen sofort zum *Star*-Team und Aidan warnen.«

Lies weiter auf Seite 123.

Du bist von Seite 93 oder 106 hierhergelangt.

»Verdammt, Darren, kannst du mir erklären, was dieser Mist soll?«, fuhr Aidan Cloud seinen Kollegen an.
»Ich weiß überhaupt nicht, wovon du redest!« Darren schlug Aidans Hand weg.
»Du verstehst mich sehr gut. Glaub bloß nicht, dass du mich zum Narren halten kannst!« Der *Dustmaster* blickte seinen Kopiloten finster an.
»Wie sollte ich?« Darren gab sich unbeeindruckt. »Ich habe keine Ahnung, worum es hier geht.«
Justus tat, als würde ihn das Gespräch der beiden Fahrer nicht interessieren, und besah sich den Prerunner. Er war froh, dass die beiden Streithähne ihre Meinungsverschiedenheit ziemlich laut führten, sodass er jedes Wort mitbekam.
»Spiel ja keine Spielchen mit mir!«, rief Aidan aufgebracht. »Mir reicht es langsam. Ich werde mich davon nicht beeindrucken lassen. Dass du es nur weißt!«
»Du spinnst doch!« Auch Darrens Stimme klang nun wütend.
»Ach ja? Dann erkläre mir mal das hier!«
Justus warf einen unauffälligen Blick zur Seite.
Aidan hielt Darren einen weißen Zettel unter die Nase. »Der war in meinem Spind und du weißt ganz genau, dass das nicht der erste Brief ist.«
Darren las den Zettel und schüttelte ungläubig den Kopf. »Was soll der Quatsch?«
»Das fragst ausgerechnet du mich?«, knurrte Aidan.
»Wie oft soll ich dir noch sagen, dass ich mit diesen Zettelchen nichts zu tun habe. Vielleicht schreibt sie eine deiner vielen Verehrerinnen.« Darren zuckte fast gelangweilt mit den Schultern.

»Mag ja sein, dass du den Unterschied nicht kennst, aber das ist kein Liebesbrief, sondern eine Drohung. So langsam finde ich das nicht mehr lustig, Darren!«

»Ich hasse es, mich zu wiederholen, Aidan. Aber ich habe diesen Brief nicht geschrieben. Warum sollte ich?«

»Wer sollte es sonst gewesen sein? Aber das wird dir nichts nutzen. Ich fahre den Truck und kein anderer!« Damit zerknüllte Aidan den Zettel und warf ihn Darren vor die Füße. Er drehte sich um und ging. Darren starrte ihm mit zusammengekniffenen Augenbrauen hinterher. Dann bückte er sich und hob den zerknüllten Brief auf. Er warf ihn in einen Papierkorb.

»Gibt es Probleme?« Der Erste Detektiv schlenderte betont gelassen näher.

Darren zuckte kurz zusammen. Er hatte den Jungen über den Streit mit seinem Kollegen vollkommen vergessen. »Nein, keine Probleme. Unsere Primadonna bildet sich da nur etwas ein.«

»Und was bildet er sich ein?«, hakte Justus nach.

»Ach nichts.« Darren winkte ab. »Wir beide haben so unsere kleinen Auseinandersetzungen. Nichts Ernstes. Er glaubt, ich neide es ihm, dass er erster Fahrer des Teams ist. Eigentlich sollte ich diese Position bekommen, aber dann hat Ian Miller den großen *Dustmaster* beim *Sierra*-Team abgeworben, damit er den neuen *Star*-Truck fährt. Jetzt bin ich nur noch Ersatz und fahre als Kopilot mit.«

Justus nickte verständnisvoll. »Ich verstehe. Das muss ziemlich frustrierend für dich sein.«

»Klar, aber so ist der Rennsport. Dennoch komme ich gut

damit zurecht. In der nächsten Saison kann das schon wieder alles anders aussehen. Dann bin ich vielleicht wieder die Nummer eins oder ich wechsle das Team. Wer weiß.«

»Ja, wer weiß«, bestätigte der Erste Detektiv.

Darren blickte auf seine Uhr. »Ich muss noch etwas erledigen. Könntest du Cade bitten, dass er uns den Prerunner für morgen auftankt?«

»Natürlich.«

»Danke. Wir sehen uns spätestens morgen früh. Dann zeige ich euch, wie viel Spaß man im Prerunner haben kann. Sagen wir gegen acht Uhr? Um die Zeit ist es noch nicht ganz so heiß.«

»Peter und Bob werden begeistert sein«, antwortete Justus.

Darren lächelte und eilte davon.

Als der Fahrer sich entfernt hatte, ging Justus zum Papierkorb und holte den zerknüllten Zettel heraus. Er faltete ihn auseinander. Dort stand nur eine Zeile: *Asche zu Asche und Staub zu Staub.*

Weiter geht es auf Seite 82. Wenn du erfahren willst, was Peter und Bob in der Zwischenzeit erlebt haben, lies auf Seite 106 weiter.

Du bist von Seite 79 hierhergelangt.

»Ist euch aufgefallen, dass der Trophy Truck vom *Star*-Team auf Hochglanz poliert war? Er sah aus wie frisch vom Fließband. Die anderen Wagen draußen sind alle voller Sand und Staub. Ich kann mir nicht vorstellen, dass die letzten Testläufe hier stattgefunden haben.«

»Da hast du recht, Zweiter, guter Gedanke. Was wissen wir noch, Kollegen?«

»Wir wissen, dass *AMC Motors* mit dem Einstieg in den Rennsport ein recht großes Risiko eingeht. Man erhofft sich durch Erfolge im Rennsport neue Aufträge für das Werk. Das könnte eine Investition in die Zukunft sein – oder es steht finanziell nicht gut um das Unternehmen und es ist ein Rettungsversuch«, fasste Bob zusammen.

»Wir sollten uns im Bürocontainer von *AMC* umsehen. Vielleicht finden wir dort weitere Hinweise«, schlug Justus vor.

»Die Entwicklung neuer Motoren verschlingt Unsummen«, sagte Peter. »Wenn wirklich Sabotagen ausgeführt wurden, will jemand dem Team schaden. Dann müssen wir den Saboteur finden. Das war ja auch unser Auftrag. Ich bin dafür, dass wir uns heute Nacht auf die Lauer legen und den Teambereich im Auge behalten. Vielleicht kommt der Saboteur wieder. Wenn dort ein Fremder rumschnüffelt, könnten wir ihn schnappen.«

»Hm«, kommentierte Justus knapp. »Ich bin mir nicht sicher, dass es sich unbedingt um einen Fremden handeln muss.«

Peter sah den Ersten Detektiv an. »Das machen die doch nicht selber. Damit würde sich *AMC* ja nur schaden. Wisst ihr noch, was Cade gesagt hat? Wenn es nicht gut läuft, stehen Arbeitsplätze auf dem Spiel.«

»Apropos Cade«, fiel Justus ein. »Mich wundert, dass so ein erfahrener Mann wie er von der Arbeit an dem Truck ausgeschlossen wird. Erinnert ihr euch an Darrens Worte? ›Es gibt keinen technischen Fehler, den Cade nicht findet.‹ Der Mechaniker wäre also bestimmt eine wertvolle Hilfe gewesen, wenn er bei den problematischen Testfahrten hinzugezogen worden wäre. Wenn es diese technischen Fehler tatsächlich gab …«

Bob zog sein Notizbuch hervor. »Ich habe gestern Abend noch etwas über den Rennablauf des Mojave-Offroad-Rennens recherchiert. Am Tag vor den beiden geplanten Hauptrennen – also morgen – gibt es einen sogenannten *Open PreRun*, eine Art Vorab-Rennen.«

»Vermutlich, damit die Fahrer sich mit der offiziellen Strecke vertraut machen können«, überlegte der Erste Detektiv laut. »Das könnte eine gute Chance für uns sein, den *Star*-Truck vor dem Hauptrennen zu erleben.«

»Schön und gut, Just, den neuen Motor kriegen wir dabei aber nicht zu Gesicht. Mich würde es wirklich interessieren, wie der aussieht und warum so ein Geheimnis darum gemacht wird. Wir sollten uns noch mal in die Garage schleichen und ihn uns ansehen.«

Justus nickte. »Also haben wir mehrere Optionen. Ich schlage vor, dass wir zuerst das Gespräch mit Aidan Cloud suchen, damit wir mehr über die Briefe erfahren. Und er muss auch etwas über die technischen Probleme wissen. Schließlich ist er der Fahrer des Trophy Trucks.«

»Ich weiß nicht, mir scheint dieser Aidan eher ein reizbarer Zeitgenosse zu sein. Bist du sicher, er gibt uns Auskunft,

Just?« Peter nahm den Zettel in die Hand. »Ich bin dafür, zuerst in die Halle zu gehen und uns den Motor anzusehen. Mit meinem Dietrichset kommen wir da bestimmt rein.«

»Ich würde die Halle lieber erst mal beobachten. Nicht, dass wir noch erwischt werden«, gab Bob zu bedenken. »Vielleicht können wir den Saboteur auf frischer Tat ertappen.«

Zuerst mit Aidan Cloud reden? Lies weiter auf Seite 129. Bobs Idee folgen und erst einmal beobachten? Lege dich auf Seite 99 auf die Lauer. Das Dietrichset schnappen und das Geheimnis des V8-Motors lüften? Lies weiter auf Seite 10.

Sie folgten Darren. Unter den gespannten Sonnensegeln staute sich die Hitze in der improvisierten Werkstatt. Von Nahem betrachtet, war der Prerunner kaum mehr als viersitziger Offroad-Buggy. Er hatte keine Scheiben und die Fahrerkabine war durch käfigartige Stangen verstärkt.

»Wie ihr seht, hängt der Motor beim Prerunner weit hinter der Hinterachse, quasi ein starker V8 als Außenborder«, erklärte Darren und deutete auf das Heck des Wagens.

Die drei ??? bewunderten das seltsame Vehikel.

Ein älterer Mann schraubte an dem Wagen herum, während ein schlaksiger Junge untätig danebenstand.

»Darf ich euch zwei unserer Mitglieder des Rennteams vorstellen? Das hier ist Kyle, unser jüngster Kollege. Er ist noch in der Ausbildung.«

»Hallo, Kyle«, grüßten die drei ??? den rothaarigen Jungen.

»Du willst also Mechaniker werden?«, fragte Bob interessiert.

»Ich werde Mechatroniker«, erklärte Kyle stolz und warf den drei ??? einen beinahe trotzigen Blick zu.

»Aha«, kommentierte Peter knapp.

»Und das hier ist Cade Waters«, fuhr Darren fort. »Er ist unser Teamkoordinator und einer der besten Mechaniker, die *AMC Motors* hat. Cade, komm und lern Mr Millers Gäste kennen. Die drei Jungs hier sind ganz versessen darauf, alles über Trophy Trucks zu erfahren.«

Der Mann erhob sich und wischte sich mit einem Taschentuch über die Stirn. »Hallo, Jungs, wenn das so ist, seid ihr bei mir an der besten Adresse.«

»Wenn ich das richtig verstanden habe, Sir, sind Sie Mitarbeiter von *AMC Motors*?«, fragte Bob.

Du bist von Seite 46 hierher gelangt.

»Ja klar, Junge. Schon fünfundzwanzig Jahre lang.«
»Gehe ich recht in der Annahme, dass sich hinter dem *Star*-Team also *AMC Motors* verbirgt?«, wollte Justus wissen.
»Kann man so sagen. *AMC* hat den neuen Motor entwickelt. Die Karosserie wurde von einem anderen Hersteller gekauft und dann im *AMC*-Werk zusammengebaut. *AMC* ist Motorenhersteller seit 1956. Das Unternehmen wurde vom Großvater des heutigen Geschäftsführers George Fresco gegründet. Hauptsächlich stellen wir V8-Motoren für Trucks und Pickups her. Wir stehen noch für Qualität. Früher haben wir nicht nur die Motoren hergestellt, sondern das komplette Paket geliefert. Ich habe unzählige Trucks mit aufgebaut, denn ich habe bereits unter dem Vater von Mr Fresco gearbeitet.« In Cade Waters' Stimme klang Stolz mit. »*AMC Motors* ist also das Herz hinter dem Rennteam. Allerdings gehören natürlich viele andere Mitarbeiter dazu.«
»Cade ist unser bester Mann!« Darren schlug dem Mechaniker respektvoll auf die Schulter. »Er hat jahrelange Erfahrung und kennt jedes technische Detail. Es gibt keinen Fehler, den er nicht ausbügeln kann.«
»Hm.« Justus hob eine Augenbraue. Er versah diese Bemerkung im Kopf mit einem Fragezeichen und beschloss, sie später mit seinen Kollegen zu besprechen. »Soweit uns Mr Miller informiert hat, ist das *Star*-Team in dieser Saison das erste Mal bei den Offroad-Rennen dabei. Wissen Sie, wie es zu der Idee kam, ins Renngeschäft einzusteigen?«, erkundigte sich der Erste Detektiv.
»Das war eine Idee von Mr Fresco persönlich. Er suchte sich einen Sponsor, um einen ganz neuen, leistungsstärkeren V8-

Motor für die Trucks zu entwickeln. Wisst ihr, die großen Konzerne haben den Löwenanteil am Markt. Man muss schon einiges aufbieten, um im Geschäft zu bleiben und seinen Namen bekannt zu machen. Wenn wir mit unserem eigenen Motor im Offroad-Rennsport erfolgreich sind, könnte sich das positiv auf die Verkaufszahlen auswirken. Ich denke, Mr Fresco hofft, dadurch neue Aufträge zu erhalten.« Cade Waters blickte für einen Moment nachdenklich in die Ferne und rieb sich über seine grauen Bartstoppeln.

»Sie wirken nicht so, als ob Sie von dieser Strategie überzeugt sind, Mr Waters.«

Cade nickte bedächtig. »Nun, wenn ihr mich fragt, ist es ein großes unternehmerisches Risiko. Falls der neue Motor den Erwartungen nicht entspricht, könnten viele Arbeitsplätze verloren gehen.«

»Geht es *AMC Motors* denn schlecht?«, hakte Bob nach.

»Welchen mittelständischen Motorenherstellern geht es heutzutage schon gut?« Cade zuckte mit den Schultern. »Aber ich bin hoffnungsvoll und schließlich haben wir ja auch einen großzügigen Sponsor.«

»Wissen Sie, in welchem Umfang Ian Miller die Kosten für den Motor des Trucks trägt?«

»Himmel, nein. Solche Dinge interessieren mich auch nicht. Da müsst ihr den Chef oder Mr Miller schon selber fragen. Aber ich glaube nicht, dass sie euch das sagen werden. Schließlich sind das Geschäftsinterna.«

»Ich dachte, ihr wollt etwas über Trophy Trucks erfahren. Wie mir scheint, seid ihr eher an Geschäftsbilanzen interessiert«, mischte sich jetzt Darren ein.

»Wir möchten uns, wie gesagt, ein möglichst umfassendes Bild machen«, erklärte Justus. »Ein so junges Rennteam ist auch von seiner Entstehung her betrachtet für unsere Recherche interessant.«
Darren warf ihm einen nachdenklichen Blick zu.

Wird Darren Frasier misstrauisch? Lies weiter auf Seite 93.

Du bist von Seite 28 hierhergelangt.

Nach einer ausführlichen Tour über das Gelände und dem reichhaltigen Abendessen zogen sich die drei ??? in ihr geräumiges Wohnmobil zurück. Justus und Bob lümmelten sich gemütlich auf die großzügige Sitzecke.

»Oh, im Kühlschrank befinden sich Sandwiches. Hat noch jemand von euch Hunger?«, fragte Peter.

»Nein danke. Ich bin pappsatt.« Justus streckte die Beine aus. Auch Bob schüttelte den Kopf.

Peter zuckte die Schultern und holte für jeden eine *Sparkling Star*-Cola aus dem Kühlschrank. Dann setzte er sich zu seinen beiden Freunden. »Also, wie geht es jetzt weiter, Just?«

»Bisher haben wir keine konkreten Hinweise gefunden, dass wirklich Sabotageakte am Trophy Truck durchgeführt werden. Nur Ian Miller war davon überzeugt, aber nach Aussage von Cade lief bei den Testläufen angeblich alles super. Das ergibt keinen Sinn.« Justus massierte seine Nasenwurzel.

»Ich fand ja auch diesen *AMC*-Chef Mr Fresco sehr verdächtig. Erinnert ihr euch, wie der sich benommen hat, als uns Ian Miller als seine Gäste vorgestellt hat? So einen unfreundlichen Menschen habe ich noch nie kennengelernt. Und als du erzählt hast, Just, wir wollen uns umgucken und einen Artikel für die Schülerzeitung schreiben, war es ganz vorbei. Wenn Blicke töten könnten, würden wir drei jetzt nicht mehr hier sitzen.« Peter nahm einen Schluck von seiner Cola.

»Stimmt schon, er war unglaublich genervt, aber das ist vielleicht wie bei Mr Baxter die Anspannung vor so einem wichtigen Rennen«, gab Bob zu bedenken.

»Also, ich glaube, da ist irgendetwas faul im *Star*-Team«, stellte Peter fest.

»Zumindest herrscht verdammt dicke Luft«, stimmte Bob seinem Freund zu.
»Und nicht nur das, Bob. Einer der Fahrer des Teams erhält anonyme Briefe.« Justus zog den Zettel aus seiner Hosentasche und strich ihn glatt. Peter und Bob sahen ihn sich erstaunt an. »Aidan Cloud ist der Ansicht, dass sein Kopilot ihm diese Briefe schickt, aber Darren bestreitet das. Mir erschien er dabei glaubwürdig.«
»Komischer Satz. Meinst du wirklich, jemand bedroht Aidan? Es könnte doch auch einfach ein Scherz eines verrückten Fans sein.« Peter zuckte die Schultern.
Bob sah noch einmal auf den Zettel. »*Asche zu Asche, Staub zu Staub.* Also für mich klingt das nicht gerade wie ein Fanbrief. Sagt man so etwas nicht auf Beerdigungen?«
»Ja, und ich denke, hier wird bewusst mit dem Wort Staub gespielt. Das ist meiner Meinung nach eine klare Andeutung auf das Wüstenrennen. Dennoch, der Brief wirkt zwar bedrohlich, aber eine konkrete Drohung wird nicht zum Ausdruck gebracht.« Justus sah seine Kollegen an.
Peter nickte. »Richtig, und Aidan ist ja als der *Dustmaster,* also ›Staubmeister‹, bekannt, weil er seine Konkurrenten gerne mal seinen Staub schlucken lässt, wenn er vor ihnen fährt. Es könnte also auch positiv gemeint sein. Eine Art Ansporn oder so. Und wenn er eine Drohung ist: Was soll dieser Brief bewirken? Will man Aidan einschüchtern? Steckt vielleicht einer der anderen Fahrer dahinter?«
»Es wäre einfacher, wenn wir den Inhalt der vorherigen Briefe kennen würden, die Aidan im Gespräch mit Darren erwähnt hat. Vielleicht ergibt diese Zeile in einem gesamten Kontext

einen Sinn.« Der Erste Detektiv zupfte nachdenklich an seiner Unterlippe. »Schade, dass wir den Fahrer auf unserem Rundgang mit Mr Miller nicht mehr angetroffen haben. Vielleicht hätten wir etwas Näheres im Gespräch mit ihm erfahren.«

»Könnten die Briefe auch im Zusammenhang mit den Sabotageakten stehen?«, überlegte Bob laut.

»Dann galten die von Ian Miller berichteten technischen Pannen vielleicht Aidan. Jemand will mit allen Mitteln verhindern, dass er den Truck fährt. Das ist es!«, rief Peter.

»Das gilt es herauszufinden, Kollegen. Wir müssen auf jeden Fall mit Aidan Cloud sprechen. Dennoch dürfen wir auch andere Möglichkeiten nicht aus den Augen verlieren. Ich frage mich vor allem, warum so ein Geheimnis aus dem Motor gemacht wird. Keines der anderen Teams, die wir heute bei unserem Rundgang gesehen haben, versteckt seine Autos. Die Trucks stehen offen herum. Im Gegenteil, mir scheint, es wird mit den Wagen öffentlich geprotzt.«

»Klappern gehört zum Handwerk«, grinste Bob.

Lies weiter auf Seite 72.

Du bist von Seite 69 oder 106 hierhergelangt.

Als Cade gerade im Begriff war, die Motorhaube des Trucks zu öffnen, betrat der Erste Detektiv die kleine Halle. Peter und Bob winkten ihn heran, als Justus plötzlich zur Seite gestoßen wurde.
Ein Mann von der Statur eines Preisboxers stürmte herein. »Was hat das hier zu bedeuten?«, donnerte er.
Hinter dem Boxer tauchte Kyle auf. »Sehen Sie, Mr Baxter, ich hatte recht.« In seinem Blick lag Genugtuung.
»Ach, halt den Mund, Kyle«, fuhr Mr Baxter den Jungen an. Der zuckte zusammen und machte ein beleidigtes Gesicht.
»Warum regst du dich so auf, David? Ich zeige den Gästen von Ian Miller nur unseren Trophy Truck«, erklärte Cade ruhig.
»Niemand, und ich wiederhole mich, niemand außer mir hat bei dem Wagen etwas verloren. Das ist die strikte Anweisung vom Chef und die gilt ganz besonders für sogenannte Gäste. Ist das klar?« David Baxter ging zum Truck und stellte sich demonstrativ vor die Motorhaube.
»Mach dich nicht lächerlich! Was ist denn schon dabei, wenn ich rennbegeisterten Jungs den Wagen zeige. Habt ihr immer noch Angst vor Werksspionage der Konkurrenz?« Cade stemmte die Hände in die Hüften. »Dass ihr so ein Geheimnis aus dem neuen Motor macht, ist wirklich albern.«
»Warum regen Sie sich so auf? Haben Sie vielleicht etwas zu verbergen?«, mischte sich Peter forsch in den verbalen Schlagabtausch ein.
David Baxter lief vor Wut rot an. »Du hältst dich da gefälligst raus, Bursche«, schnaubte er.
Justus beobachtete die Reaktion des Chefmechanikers genau

und beschloss, den Mann mit einer gewagten Äußerung weiter zu provozieren. Vielleicht würde David Baxter auf diese Art mehr preisgeben, als er wollte.

»Vielleicht ist der Motor nicht regelgerecht. Könnte doch sein, dass diese tolle Leistung nur durch eine nicht erlaubte Manipulation zustande kommt«, mutmaßte Justus dreist.

»Was erlaubst du dir, Junge?!« David Baxter sah aus, als wollte er den Ersten Detektiv am liebsten am Kragen packen und schütteln.

»Dann zeigen Sie uns doch einfach den Motor«, mischte sich nun auch Bob ein.

»Die Jungs haben nicht ganz unrecht, David. So langsam frage ich mich auch, was diese Heimlichtuerei soll.« Cade Waters legte die Hand auf die Motorhaube.

Doch David wischte sie grob weg. »An deiner Stelle würde ich den Mund nicht so weit aufreißen. Sonst sorge ich dafür, dass der Chef dich entlässt! Und was euch Jungs angeht: Auch euch lasse ich von unserem Teambereich entfernen. Gäste von Mr Miller hin oder her. Er hat hier nichts zu sagen. Er ist nur der Sponsor.«

»Aber ohne ihn gäbe es diesen neuen Motor überhaupt nicht«, bemerkte Cade treffend.

»So, jetzt reicht es! Alle raus aus der Werkstatt – sofort! Das wird ein Nachspiel haben, Cade. Ich werde Mr Fresco informieren.«

»Kommt, Jungs. Es hat leider keinen Sinn, mit diesem Sturkopf zu diskutieren.« Cade winkte den drei ??? zu, ihm zu folgen.

Als die Gruppe wieder draußen beim Prerunner stand, sagte

Cade: »Nehmt David nicht zu ernst. Der Chef hat ihm den Floh ins Ohr gesetzt, jemand von der Konkurrenz wolle seine Arbeit, sprich den neuen Motor, ausspionieren. Jetzt sieht er in jedem einen Spitzel. Allerdings übertreibt er mittlerweile. Ich denke, es ist wegen der extremen Anspannung.«
»Wieso extreme Anspannung?«, fragte Peter irritiert.
»Na, wegen des ersten offiziellen Rennens. Da muss der Motor zeigen, was er wirklich kann. Davon hängt die Zukunft des *Star*-Rennteams ab. Die Motor-Testläufe sollen wirklich überwältigend gut gelaufen sein. Aber schlussendlich zählt nur das finale Rennen.«
Die drei ??? sahen sich an. All diese Aussagen passten so gar nicht zu der Geschichte, die ihr Auftraggeber ihnen erzählt hatte. Ian Miller hatte von verschiedenen technischen Pannen gesprochen. Wurde er über die angeblichen Probleme im Vorfeld falsch informiert? Doch warum sollte jemand daran Interesse haben?
»Sind diese Testläufe eigentlich im Gelände durchgeführt worden oder nur unter Werksbedingungen bei *AMC Motors*?«, erkundigte sich Peter.
»Soweit ich informiert bin, sowohl als auch. Erst wenn alles top läuft, geht so ein Wagen auf die Strecke.«
»Wer war denn bei den Testfahrten dabei?«, fragte Justus.
»Nun, Baxter und zwei Mechaniker aus seinem Team bei *AMC*, der Fahrer natürlich und Mr Fresco. Bei dem ersten Rennen im Gelände war auch Ian Miller anwesend. Er ließ es sich nicht nehmen, den Trophy Truck in Aktion zu erleben. Ihr kennt ihn ja.« Cade grinste leicht. »Beim Hauptrennen werden wir dann alle eingebunden sein.«

Justus nickte. »Dabei fällt mir ein, Darren bittet Sie, den Prerunner für morgen früh vorzubereiten. Er will mit uns eine kleine Wüstenfahrt machen.«

»Geht klar.«

Bob warf einen Blick auf seine Uhr. »Ich glaube, wir müssen zum Info-Point gehen. Sonst kommen wir zu spät.«

»Entschuldigen Sie uns, Sir. Wir haben eine Verabredung.«

»Natürlich. Viel Spaß, Jungs. Wir sehen uns dann später.« Cade hob zum Abschied kurz die Hand und machte sich wieder an die Arbeit.

Weiter geht es auf Seite 28.

Du bist von Seite 38 hierhergelangt.

»Meinetwegen. Einen Versuch ist es wert«, meinte Justus.

Peter nickte. Er schlich sich zur Metallbox, in der mit lautem Getöse der Generator arbeitete. Behände schwang er sich hinauf und zog sich von dort auf das Containerdach. Oben angekommen, schlich er vorsichtig voran.

Justus sah sich um. Weit und breit war kein Mensch zu sehen.

Peter hockte sich vor die halb geöffnete Dachluke. Aufgeregte Stimmen drangen zu ihm hinauf. Er neigte den Kopf ganz nah an die Öffnung.

»Nein, George, das kann ich nicht verstehen. Wozu brauchst du noch einmal 50.000 Dollar? Du hast mir versichert, dass jetzt alles läuft!« Die Stimme von Ian Miller klang mehr als aufgebracht.

»Ich habe dir gesagt, wir brauchen mehr Zeit«, antwortete der andere Mann kühl. »Aber du wolltest den Wagen ja unbedingt schon in dieser Saison auf die Piste bringen. Ein enger Zeitplan ist mit erhöhten Kosten verbunden. Ein Rennteam zu führen ist ein dynamischer Prozess. Es sind immer wieder Anpassungen und Verbesserungen notwendig. Aktuell sind nur noch einige Feinabstimmungen am Motor vorzunehmen.«

»Also gut, George. Du bekommst den Scheck von mir. Aber dann hoffe ich für dich, dass der *Star*-Truck bei seinem ersten Rennen auch so gut abschneidet, wie du mir versichert hast.«

»Das liegt auch in den Händen des Fahrers. Der Wagen ist für dieses Rennen fahrbereit, aber wenn du wirklich ganz vorne dabei sein willst, werden wir noch einige Dollars investieren müssen. Qualität hat ihren Preis. Dafür bekommst du deinen Star unter den Trophy Trucks. Vertrau mir, Ian.«

»Nun denn! Gutes Geld für gute Arbeit. Mein Motto.«

Das waren interessante Neuigkeiten. Peter wollte sich gerade langsam von der Luke zurückziehen, als er von unten die laute Stimme von Justus hörte. »Hallo, ich suche das Verpflegungszelt. Weißt du zufällig, wo ich es finde?«

»Klar«, antwortete eine Jungenstimme. »Da gehst du erst …«

Peter begriff und legte sich sofort flach hin. Leider nicht schnell genug.

»Hey, Moment! Da turnt ein Typ auf dem Container von *AMC Motors* rum. Mr Fresco!«, brüllte der Junge aus Leibeskräften.

Bevor Justus dem schlaksigen Jungen eine Erklärung geben konnte, war dieser zum Container gerannt und hämmerte an die Tür. Die wurde aufgerissen und ein drahtiger Mann erschien im Türrahmen. »Kyle, was soll dieser Radau?« Er blickte grimmig drein.

»Oh, Mr Fresco, da ist jemand auf Ihrem Dach«, beeilte sich der Junge namens Kyle zu erklären.

»Was redest du denn für einen Unsinn?« Der grauhaarige Mann, den er mit Mr Fresco angesprochen hatte, schüttelte verständnislos den Kopf.

»Kein Unsinn. Sehen Sie!« Kyle deutete nach oben.

Mr Fresco trat hinaus und blickte zum Dach hoch. Nun drängte sich auch die massige Gestalt von Ian Miller ins Freie.

»Was hat das zu bedeuten?«, empörte sich Mr Fresco.

»Ich kann das erklären«, rief Justus eilig.

Peter seufzte. Es hatte wohl keinen Sinn, sich tot zu stellen. Er kletterte hinunter und gesellte sich zu der aufgebrachten Gruppe.

»Ihr?« Ian Miller schaute die beiden Detektive fassungslos an.
»Du kennst diese Jungs, Ian?«, rief Mr Fresco entrüstet.
»In der Tat, George. Könnt ihr mir erklären, warum ihr auf dem Dach rumturnt?«
»Da bin ich auch mal gespannt. Raus mit der Sprache!«
Justus überlegte einen kurzen Moment, bevor er anfing zu erklären: »Nun, Sir, wir sind nicht rumgeturnt. Lediglich Peter hat sich Zugang zum Dach verschafft.«
Ian Miller zog ärgerlich die Augenbrauen zusammen.
Der Erste Detektiv machte eine kleine Pause und entschied sich dafür, einfach die Wahrheit zu sagen. Er war sich sicher, dass man ihnen jedwede Lüge in dieser eindeutigen Situation negativ auslegen würde. »Um ehrlich zu sein, wir wollten erfahren, worum es sich bei Ihrem Gespräch dreht. Entschuldigen auch Sie vielmals, Mr Fresco, aber Ihr Geschäftspartner hat sich Sorgen wegen vermeintlicher Sabotagefälle gemacht. Wir sind Detektive. Mr Miller hat uns gebeten, uns hier umzusehen.« Justus warf einen entschuldigenden Blick zu Ian Miller und hoffte, ihr Auftraggeber würde ihnen diesen Fehltritt verzeihen. Dann wandte er sich wieder Mr Fresco zu. »Darf ich Ihnen vielleicht unsere Visitenkarte geben?«
Doch George Fresco, dem die Gesichtszüge bei Justus' Erklärung immer mehr entglitten waren, ignorierte die dargebotene Karte. »Sabotageakte? Ian, was muss ich da hören? Glaubst du etwa, in unserem Rennteam gibt es einen Saboteur? Und dann engagierst du diese Halbstarken, ohne es mit mir vorher abzusprechen? Du bist mir ja ein schöner Partner. Das wird ein Nachspiel haben!« Mit diesen Worten drehte sich Mr Fresco um und verschwand im Bürocontainer. Er schlug die

Tür so wutschnaubend hinter sich zu, dass eine kleine Staubwolke aufgewirbelt wurde.

»Nennt ihr das eine unauffällige Untersuchung? Ganz zu schweigen davon, dass ihr mich, euren Auftraggeber, verfolgt und geschäftliche Gespräche belauscht habt! Das ist ungeheuerlich!«

»Ich gebe zu, das war nicht korrekt, aber Sir, nachdem Sie so aufgeregt auf den Anruf Ihres Geschäftspartners reagiert haben, erschien es uns für die Ermittlungen von Wichtigkeit, den Inhalt der Besprechung zu erfahren.«

»Ihr hättet mich auch einfach fragen können. Ich teile euch alle relevanten Fakten mit. Aber eine geschäftliche Besprechung zwischen mir und meinem Partner geht euch nichts an. Verstanden? Es war ein Fehler, euch mit der Aufgabe zu betrauen.«

»Aber, Mr Miller«, rief der Zweite Detektiv. »Wir wollten wirklich nichts –«

»Kein Wort mehr! Ihr seid unfähig und euer Benehmen ist flegelhaft!«

»Bitte, Sir, geben Sie uns noch eine Chance. Nachdem ihr Partner nun informiert ist, könnten wir ganz offiziell von Ihnen beiden beauftragt ermitteln. Ich bin mir sicher, dass er sich wieder beruhigen wird, wenn wir noch einmal mit ihm reden«, versuchte Justus die Situation zu retten.

»Nein, ihr habt mein Vertrauen missbraucht. Ihr seid von dem Auftrag entbunden.«

Der Erste Detektiv seufzte. »Ich verstehe Ihren Ärger. Es war eine dumme Aktion. Entschuldigen Sie nochmals. Wir werden fahren.«

»Das war es in der Tat. Ich lasse euch einen Wagen kommen, der euch zurückfährt.« Ian Miller holte sein Mobiltelefon aus seiner Tasche.
Justus und Peter kehrten mit hängenden Köpfen zu Bob zurück. Sie hatten es gründlich vermasselt.

Kehre auch du zurück zu Seite 38 und entscheide dich neu.

Du bist von Seite 99 oder 112 hierhergelangt.

Sie warteten noch eine ganze Weile.
»Seht mal, Kollegen!« Justus wies auf Shawna, die wie aus dem Nichts auftauchte und nun in dem kleinen Zelt verschwand, aus dem Cade mittags den Schlüssel für die Halle geholt hatte. Eine Lampe flammte auf.
»Was hat Shawna denn jetzt im *Star*-Zelt verloren?«, fragte Peter leise.
Die drei ??? blickten sich an und verständigten sich wortlos darauf, dem Mädchen heimlich zu folgen. Sie näherten sich dem Zelt. An der Rückseite fand sich eine undichte Naht.
»Das ist ja ein glücklicher Zufall«, flüsterte Justus. Vorsichtig zog er die Naht auseinander und spähte durch das Loch. Er erblickte Shawna, wie sie zu einer Reihe von Spinden ging. An einem blieb sie stehen und öffnete ihn. Ein Rennfahreranzug hing darin. Sie zog einen kleinen Zettel aus ihrer Tasche und deponierte ihn in dem schmalen Schrank. Danach verließ sie das Zelt.
»Das dachte ich mir«, meinte Justus selbstzufrieden. Mit einem Lächeln drehte er sich zu seinen beiden Freunden um. »Ich glaube, wir haben unseren anonymen Briefeschreiber gefunden.«
»Shawna?« Peter konnte es nicht glauben.
»So sieht es zumindest aus. Ich habe eben beobachtet, wie sie einen Zettel in einem der Spinde versteckt hat.«
»Na, vielleicht ist es nur ein Liebesbrief«, flachste Peter.
»Dann sollten wir wohl hineingehen und nachsehen«, überlegte Bob.
»Genau das wollte ich euch gerade vorschlagen.« Justus winkte seinen Kollegen, ihm zu folgen. »Peter, du bleibst am Ein-

gang und warnst uns, falls jemand kommen sollte. Ich möchte nicht selber in den Verdacht geraten, den Zettel in den Spind gesteckt zu haben.«

»Geht in Ordnung, Erster. Aber beeilt euch.«

Justus und Bob gingen ins Zelt und Peter behielt die Umgebung im Blick. Zielsicher steuerte Justus den entsprechenden Spind an. »Aidan Cloud«, stand auf dem Namensschild an der Tür. Der Erste Detektiv öffnete den schmalen Schrank und nach kurzer Suche entdeckte er den Zettel. Er zeigte ihn Bob.

Dieser las laut vor: *»Staub, du wirst vom Wind verweht.«*

Justus und Bob blickten sich an. In diesem Moment hörten sie Peter leise den Ruf des Rotbauchfliegenschnäppers nachmachen – den Warnruf der drei ???. Justus steckte den Brief ein, die beiden Jungen verließen eilig das Zelt und liefen zu ihrem Freund.

»Was ist los, Zweiter?«, fragte Bob.

»Ihr glaubt nicht, was ich eben beobachtet habe«, berichtete Peter. »Shawna ist zurückgekommen und schleicht um die kleine Halle. Sie müsste jetzt auf der anderen Seite sein. Dort, wo das Garagentor ist. Vielleicht ist sie auch noch die Saboteurin. Was sollen wir jetzt tun?«

»Hast du sie mit Sicherheit erkannt?«, fragte Justus.

»Na ja, nicht wirklich. Aber wer soll es denn sonst sein?«

»Das ist eine Frage«, bemerkte der Erste Detektiv, »die wir umgehend klären sollten.«

Lies weiter auf Seite 40.

Du bist von Seite 75 hierhergelangt.

»Waren Sie an der Entwicklung des neuen Motors beteiligt?«, ergriff nun Peter das Wort und wandte sich damit an Cade.
»Nein, dafür hat der Chef extra einen Fachmann angestellt. David Baxter.«
Justus hörte die Enttäuschung in der Stimme des Mechanikers.
»Aber soweit ich weiß, soll ein innovatives, neues Einspritzsystem eine enorme Leistungssteigerung des V8-Motors erbracht haben«, fuhr Cade fort. »Außerdem hat *AMC Motors* sehr viel an der Geometrie und an den Anlenkpunkten aller Achsen geändert. Das lässt das Auto fast wie einen ›Zwitter‹ zwischen Buggy und Trophy Truck erscheinen. Damit ist unser Truck sehr agil und hat trotzdem im harten Gelände extrem gute Nehmerqualitäten. Der hält richtig was aus! Das sollte uns einen Vorteil im Rennen bringen.«
»Können wir den Trophy Truck mal sehen?«, fragte Peter hoffnungsvoll.
»Niemand darf den Truck sehen!«, schaltete sich Kyle nun ein.
»Langsam, langsam, Kyle, noch habe ich hier das Sagen. Ich bin Teamkoordinator, nicht du.« Cade zog zornig die Augenbrauen zusammen.
»Aber für den Truck ist Mr Baxter zuständig!«, rief Kyle patzig. »Wenn Sie Fremde in die Garage lassen, hole ich ihn.«
Cade Waters ignorierte die freche Bemerkung. »Also gut, Jungs. Ich muss mal kurz den Schlüssel besorgen. Die Garage ist nämlich abgeschlossen.«
Als Cade außer Sicht war, rannte Kyle wie ein Hase los.
Justus runzelte die Stirn.

»Mann, dieser Kyle vermasselt uns alles«, flüsterte Peter seinen Freunden zu.

»Das kannst du laut sagen, Zweiter«, stimmte ihm Bob zu.

Bevor Peter etwas erwidern konnte, wurde es tatsächlich laut im Teambereich. Ein junger Mann mit schwarzen Haaren stürmte heran. Er trug einen Rennfahreranzug im *Sparkling Star Cola*-Design.

»Seht doch! Das ist der *Dustmaster*!«, entfuhr es Peter. Er warf dem Fahrer einen fast ehrfürchtigen Blick zu.

Doch Aidan Cloud kümmerte sich nicht um die drei ???. Er steuerte zielgerichtet auf seinen Teamkollegen Darren zu, packte ihn am Arm und zog ihn auf die andere Seite der improvisierten Werkstatt.

»Der sieht aber sauer aus«, stellte Bob fest.

In diesem Moment kam Cade aus dem angrenzenden Zelt zurück. Er winkte den drei ??? mit dem Schlüssel zu.

»Das Gespräch könnte interessant werden«, bemerkte Justus mit Blick auf die beiden Fahrer. »Ich werde hierbleiben. Geht ihr beide mit Cade und seht euch den Truck an. Achtet auf alles, was euch eventuell komisch vorkommt. Und Peter, hab ein besonderes Auge auf diesen neuen Wundermotor«, wies der Erste Detektiv seine beiden Freunde an.

Begleite Peter und Bob auf Seite 106 in die Garage, um den Truck anzusehen. Oder bleib bei Justus und finde heraus, was da zwischen Aidan Cloud und seinem Kopiloten vorgeht. Dann weiter auf Seite 69.

Am nächsten Morgen begaben sich die drei ??? zum *Sierra*-Teambereich, um mit Shawna zu reden. Sie fanden das blonde Mädchen mit einem Kaffee in der Hand vor dem Teamzelt. Sie saß auf einem Campingstuhl und genoss die Morgensonne.

»Hallo, ihr seid ja früh auf den Beinen.«

»Guten Morgen«, grüßte Peter etwas verlegen. Es war ihm unangenehm, das Mädchen mit ihren Ermittlungen konfrontieren zu müssen.

»Seid ihr gekommen, um meinen Onkel kennenzulernen?« Shawna lächelte.

»Ähm, Shawna«, druckste Bob herum. »Wir müssen mit dir reden.«

»Wir wissen, dass du hinter den anonymen Briefen steckst, die Aidan bekommt«, kam Justus direkt zur Sache. »Kannst du uns erklären, was du damit bezwecken willst?«

»Wie bitte? Nein, wie kommt ihr denn auf so etwas? Ich habe nichts damit zu tun«, stritt Shawna ab.

»Du brauchst gar nicht zu versuchen, die Angelegenheit zu leugnen. Wir haben dich gestern beobachtet, wie du diesen Brief in Aidans Spind gesteckt hast.« Justus hielt den Zettel hoch und sah Shawna herausfordernd an.

Sie seufzte. »Also gut, ich gebe es zu. Aber ich wollte Aidan ganz gewiss nichts Böses antun. Das müsst ihr mir glauben!« Shawna riss beschwörend die Augen auf. »Ich wollte den *Dustmaster* nur etwas einschüchtern. Mehr nicht. Es waren nur kleine Anspielungen, um ihn zu verunsichern. Ich hoffte, er würde dadurch eine schlechtere Leistung erbringen.«

»Das kann jeder behaupten«, sagte Bob.

Du bist von Seite 121 hierhergelangt.

»Aber es ist die Wahrheit!«, beschwor Shawna die drei Jungen. Ihre Wangen glühten vor Aufregung.
Justus schüttelte kaum merklich den Kopf. »Wie stehst du nun wirklich zu Aidan Cloud, Shawna? Deine Angaben sind ja durchaus widersprüchlich.«
»Also, damit ihr es ganz genau wisst: Ich … ich stehe nicht auf Aidan, aber es ist auch nicht so, dass ich ihn überhaupt nicht leiden kann. Er ist ein guter Fahrer. Und ein wenig sehr selbstverliebt. Ich wollte ihn wirklich nur von seinem hohen Ross runterholen.« Shawna fuhr sich hektisch mit einer Hand durch die Haare. »Ich könnte niemandem etwas antun.«
»Okay, wir glauben dir, Shawna«, beruhigte der Erste Detektiv das Mädchen.
Peter blickte skeptisch drein. »Also, ich bin mir da noch nicht so sicher. Warum sollte nicht auch der letzte Brief von Shawna stammen?«
Justus schüttelte den Kopf. »Erinnert ihr euch? Shawna liebt Wortspiele und die ersten anonymen Briefe spielten immer mit dem Wort Staub. Nur der letzte Brief war anders.«
Shawna blickte verunsichert von einem zum anderen. »Es gibt noch einen anderen Brief?«
»Ja, hier ist er.« Justus zeigte Shawna den Zettel mit den Zeitungsschnipseln, den sie von Aidan erhalten hatten.
»Oh mein Gott, das klingt ja furchtbar. Dieser Brief ist nicht von mir! Bitte glaubt mir.«
»Wie gesagt, ich glaube dir«, sagte Justus. »Was mir noch unklar ist, ist dein Motiv.«
Verlegen ließ Shawna den Kopf hängen. »Ich wollte verhindern, dass Aidan den Truck fährt.«

»Und warum? Damit euer Teamfahrer Tyler Morales gewinnt?«, fragte Bob.

»Nein.« Shawna schüttelte den Kopf. »Ihr werdet es vermutlich nicht verstehen.« Sie warf Justus einen unsicheren Blick zu und ihr Gesicht färbte sich rot.

Der Erste Detektiv begriff. »Du brauchst uns gar nichts weiter zu erklären, Shawna. Ich weiß, warum. Du hast es für deinen heimlichen Freund getan. Und das ist Darren! Habe ich recht? Du wolltest, dass *er* erster Fahrer im *Star*-Team wird. Eure Neckerei zeigte deutlich, dass ihr euch ziemlich nahesteht.«

»Ja«, gab Shawna kleinlaut zu. »Darren wird immer unterschätzt, obwohl er ein großartiger Fahrer ist. Ich habe ihn sehr gern, schon seit Jahren, aber er ist nicht mein Freund. Ich wünschte, er wäre es. Jedenfalls wollte ich ihm helfen, den Platz zu bekommen, der ihm gebührt. Deshalb wollte ich Aidan verunsichern.«

»Du bist in deinen Bemühungen, Darren zu helfen, allerdings über das Ziel hinausgeschossen.«

»Ich komme mir jetzt ziemlich albern und dumm vor.« Shawna blickte auf ihre Fußspitzen.

»Die Aktion war auch ziemlich dumm«, kommentierte Peter.

»Ich weiß. Aber ich bitte euch um einen Gefallen. Darren darf auf keinen Fall etwas davon erfahren. Vermutlich hätte er mich nicht mehr gern, wenn er wüsste, was ich getan habe«, sagte Shawna bittend.

»Wir werden es ihm nicht erzählen«, sicherte Justus Shawna zu. »Wenn du es selber tust. Wenn man Mist gebaut hat, sollte man dazu stehen. Und es ist besser, er erfährt es aus deinem Mund.«

Shawna nickte langsam. »Also gut.«
»Wir möchten dich dafür auch um einen Gefallen bitten. Könnte Bob euren Rechner nutzen, um etwas im Internet zu recherchieren?«
»Klar«, antwortete Shawna. »Um was geht es denn?«
»Wir suchen Informationen über einen gewissen Rick Lane«, klärte der dritte Detektiv das Mädchen auf. »Wir glauben, er hat etwas mit dem letzten Drohbrief zu tun.«
»Okay, wir fragen meinen Onkel, ob du den Rechner benutzen darfst.« Shawna bedeutete Bob, ihr zu folgen.
Der Zweite Detektiv sah auf seine Armbanduhr. »Just, wir müssen uns beeilen. Es ist kurz vor acht Uhr«, drängte Peter.
»Okay. Bis später, Bob. Wir treffen uns nachher am *Star*-Teamzelt.«
Bob winkte seinen beiden Freunden zu und folgte Shawna.

Willst du Bob bei seinen Recherchen begleiten? Lies weiter auf Seite 66. Auf zur wilden Fahrt über sandige Pisten geht es auf Seite 118.

Du bist von Seite 72 hierhergelangt.

Nach einigem Hin und Her entschieden die drei ???, Bobs Vorschlag zu folgen und sich bei der *Star*-Garage auf die Lauer zu legen. Sie machten sich durch die sternenklare Nacht auf den Weg durch die Wüstenstadt. Hier herrschte immer noch emsiges Treiben. LED-Solarlampen erleuchteten in regelmäßigen Abständen die Wege. Bei einigen Teams sah man die Mitglieder zusammensitzen und sich besprechen. Überall hörte man Stimmen, und leise Unterhaltungen drangen durch die Zeltwände.

Die Jungen folgten dem erleuchteten Hauptweg vorbei am Info-Point, der jetzt geschlossen war. Eine merkwürdig aufgeladene Stimmung lag über der Anlage. Eine Aufregung, die all die Rennbegeisterten zu teilen schienen und die auch die drei ??? erfasste.

Die Basis des *Star*-Rennteams lag am Ende des Hauptweges. Unter den Sonnensegeln hingen ein paar Lampen, die den Bereich in diffuses Licht tauchten. Die Garage lag im Dunkeln. Es war niemand zu sehen.

Die drei Detektive suchten sich einen Beobachtungsposten im Schutz eines nicht beleuchteten Zeltes, von dem aus sie die Basis des *Star*-Teams gut überblicken konnten. Die Zeit verging, ohne dass jemand auftauchte.

Peter gähnte. »Es war wohl doch keine so gute Idee. Keine Menschenseele ist zu sehen.«

»Also, was machen wir jetzt?«, wollte Bob wissen.

Kaum hatte er seinen Satz beendet, als sie eilige Schritte hörten. George Fresco kam den Hauptweg entlanggelaufen und sprach aufgeregt in sein Mobiltelefon. Auf Höhe des *Star*-Zeltes blieb er kurz stehen.

Die drei ??? drückten sich an die Zeltwand, um nicht gesehen zu werden.
Mr Fresco sah sich um, und als er niemanden entdeckte, zischte er erbost ins Telefon: »Nein! Es muss heute Nacht erledigt werden, vor dem *Open PreRun*. Ja, die Zeit drängt.« Er lauschte für einen Moment seinem Gesprächspartner, bevor er antwortete. »Natürlich habe ich das Geld. Also gut. Wir treffen uns beim Büro. Ich bin auf dem Weg.« George Fresco steckte sein Handy ein und eilte zurück.
»Ausgesprochen interessant, nicht wahr, Kollegen? Was haltet ihr von diesem Telefonat?« Justus sah seine Freunde erwartungsvoll an.
»Vielleicht hat er mit David Baxter gesprochen, der noch die letzten Reparaturen an dem Wagen vornehmen soll. Der muss ja schließlich morgen in Schuss sein, und wie ihr euch erinnert, hat Mr Miller uns gesagt, dass der Truck immer noch kleinere Fehler hat.«
»Das könnte sein, Zweiter.«
»Aber was hat es mit dem Geld auf sich, das Mr Fresco erwähnt hat?«, warf der Erste Detektiv ein. »Ich denke, wir sollten dem *AMC*-Chef folgen und herausfinden, mit wem er sich trifft.«
»Ach, das ist bestimmt ganz harmlos. Jetzt sind wir hier doch gerade ungestört, die Chance sollten wir nutzen und uns den Motor ansehen«, schlug Bob vor.
»Ich bin auch dafür«, stimmte Peter dem Vorschlag seines Freundes zu. »Allerdings meine ich, dass wir zur Sicherheit noch eine Weile warten sollten, bevor wir uns in die Halle schleichen. Ich möchte ganz sicher sein, dass uns keiner er-

wischen kann, bevor ich mich mit dem Dietrichset an das Türschloss mache. Nicht, dass Mr Fresco wiederkommt oder noch jemand anders hier auftaucht.«

Mit wem sich Mr Fresco trifft, findest du auf Seite 44 heraus. Oder willst du dich in die Höhle des Löwen vorwagen, wie Bob vorschlägt, und dem Truck endlich unter die Motorhaube gucken? Lies weiter auf Seite 109. Peters Meinung folgen und weiter auf Beobachtungsposten bleiben? Weiter auf Seite 91.

Du bist von Seite 52 hierhergelangt.

Bob überlegte kurz. »Ich denke, unser Erster hat recht. Auf mich machte dieser Mr Miller auch keinen vertrauenerweckenden Eindruck. Die angeblichen Sabotagen scheinen mir normale Vorbereitungsschwierigkeiten zu sein. Vermutlich hat er als Sponsor einfach keine Ahnung von technischen Dingen. Wir sollten, wenn wir hier fertig sind, wie geplant an den Strand fahren.«

»Also abgemacht, dann teile ich Mr Miller unsere Entscheidung unverzüglich mit«, sagte Justus zufrieden. »Macht ihr in der Zwischenzeit schon mal weiter.«

»Natürlich, wenn ich mich schon mal auf einen unserer Fälle freue, kommt Justus einmal im Jahr in Strandlaune. Hoffentlich schaffen wir es dann heute auch wirklich noch, ans Meer zu fahren.« Missmutig griff Peter sich den nächsten Autoreifen und schleppte ihn hinüber zu den anderen.

Damit war der Fall für die drei ??? erledigt, bevor er überhaupt begonnen hatte. Als sie einige Zeit später in der Los Angeles Post über einen schweren Unfall bei dem Wüstenrennen lasen, machten sich die Jungen große Vorwürfe. Hätten sie ihn verhindern können?

Kehre zurück zu Seite 52 und erfahre, wie es gelaufen wäre, wenn Bob sich anders entschieden hätte.

Du bist von Seite 14 hierhergelangt.

Der Rauch wurde immer dichter. Der Zweite Detektiv war zu seinen Freunden gekrochen. Immer noch versuchten die Jungen, durch Hämmern an dem Tor jemanden auf sich aufmerksam zu machen. Doch es schien sie niemand zu hören.

»Tut mir leid, Peter, wir hätten den Truck überprüfen müssen, als du meintest, du hättest jemanden gesehen. Wir hätten den Geruch erkennen und das Fehlen des Feuerlöschers hätte mir auch sofort auffallen müssen.«

»Gräm dich nicht, Just«, hustete Bob. »Wir haben uns alle drei wie Anfänger benommen, weil wir so darauf fixiert waren, den Motor anzugucken. Damit, dass der Saboteur hier ist und ein Feuer legt, hat doch keiner von uns gerechnet.«

»Jetzt werden wir nie herausfinden, wer es war«, bedauerte Justus.

»Das ist doch so was von egal!«, keuchte Peter. »Wir werden sterben!«

»Legt euch auf den Boden. Versucht, so flach wie möglich zu atmen«, wies Justus seine Freunde an.

»Das nutzt doch alles nichts«, jammerte der Zweite Detektiv.

In diesem Moment ertönten draußen Schritte und jemand rief: »Seht doch! Rauch! Es brennt!«

»Leute, kommt her. Wir müssen löschen. Holt die Teams zu Hilfe!«

Dann ertönte die Stimme von Cade Waters. »Ist da noch jemand in der Halle?«

»Wir sind hier drin! Justus, Peter und Bob!«, rief der Erste Detektiv.

Peter und Bob hämmerten gegen das Tor. »Schnell, beeilt euch!«

Endlich wurde das Garagentor mit einem Quietschen geöffnet. Grobe Hände packten die Jungen und zogen sie aus der Halle. Hustend schnappten die drei ??? nach Luft. Durch das Öffnen des Tores wurde das Feuer allerdings weiter angeheizt. Die Flammen schlugen aus dem Garagentor heraus. Es stank nach verschmorten Reifen.

»Wie gut, dass in der Halle keine Benzinkanister gelagert wurden«, sagte Cade.

Immer mehr Helfer kamen angerannt, um den Brand zu bekämpfen, doch es war nichts mehr zu retten. Die Halle stand lichterloh in Flammen. Der *Star*-Truck war verloren. Man versuchte nun, ein Übergreifen der Flammen auf die benachbarten Zelte zu verhindern. Jemand hatte die Feuerwehr aus Barstow informiert.

Die drei ??? saßen schwer atmend in sicherer Entfernung auf dem Boden. Cade hatte ihnen klargemacht, dass sie sich nicht weiter in Gefahr bringen sollten.

Ian Miller kam zu ihnen. »Was ist passiert, Jungs?«

»Jemand hat das Feuer gelegt und uns eingesperrt.« Justus hustete.

»Habt ihr ihn gesehen?«, fragte Ian Miller hoffnungsvoll.

»Leider nein. Wir können Ihnen nicht sagen, wer es war.« Bob zuckte entschuldigend mit den Schultern.

»Aber wir haben wichtige Information für Sie, was den Motor des Trucks angeht«, berichtete Justus.

»Vergesst es, Jungs.« Traurig schüttelte Ian Miller den Kopf. »Es spielt jetzt auch keine Rolle mehr. Der Truck ist hinüber. Hauptsache, niemand wurde schwer verletzt. Aber ihr müsst medizinisch versorgt werden. Geht ins Erste-Hilfe-Zelt und von dort rufen wir einen Krankenwagen. Ihr müsst in die Klinik und behandelt werden. Ihr habt vermutlich eine Rauchvergiftung.«

»Aber Sir, es geht uns gut«, widersprach Justus.

Peter hustete erneut. »Gut würde ich jetzt nicht sagen, Just.«

»Aber wir müssen doch den Saboteur noch stellen«, beschwor der Erste Detektiv Mr Miller. »Der Fall hat sich noch nicht erledigt.«

»Für euch schon!«, widersprach Ian Miller energisch. »Es ist zu gefährlich, Jungs. Ihr hättet sterben können. Bei Brandstiftung hört der Spaß auf. Ich werde mit meinem Partner George reden und wir werden die Polizei einschalten.«

Damit war der Fall für die drei ??? zu Ende. Der Saboteur wurde nie gefasst. Ian Miller zog sich aus dem Renngeschäft zurück und steckte seine Sponsorengelder in ein Eishockeyteam.

Gehe zurück zu Seite 72 und entscheide dich neu.

Du bist von Seite 69 oder 93 hierhergelangt.

Peter und Bob gingen hinüber zu Cade, der bereits dabei war, eine unscheinbare Tür aufzuschließen. Sie folgten ihm in die kleine Halle. Es gab keine Fenster und so schaltete der Mechaniker die Deckenbeleuchtung ein. Mehrere Leuchtröhren unter der Decke flackerten kurz, bevor sie die Garage in ein neonhelles Licht tauchten.

»Die Stromversorgung ist etwas instabil. Es ist eben alles nur provisorisch und für kurze Zeit ausgelegt. Passt auf, dass ihr nicht über die Kabel stolpert.«

Die beiden Jungen sahen sich um. An den Wänden standen Regale mit Werkzeugen, vor einem stapelten sich mehrere riesige Reifen. An der Stirnseite der Garage befand sich ein großes Tor, das aktuell verschlossen war. In einer Ecke stand ein Schrank, an Haken daneben hingen Rennanzüge und Helme, die mit einem langen Luftschlauch verbunden waren. Sie sahen aus wie Helme von Tornadopiloten. Daneben entdeckte Peter auch einen Feuerlöscher.

In der Mitte der kleinen Halle stand der Trophy Truck. Er füllte fast den gesamten Raum aus.

Dem Zweiten Detektiv blieb der Mund offen stehen. Der gewaltige Wagen glänzte in Metallicbraun. Auf der bulligen Motorhaube prangten das *Star*-Team-Logo und ein riesiger goldener Stern.

»Wahnsinn!«, entfuhr es Bob.

»Tja, Jungs, das ist unser neues Baby. Wirklich beeindruckend, oder?«

»Irre!« Peter ging um den Wagen herum und strich beinahe sanft über die Motorhaube.

»Die Karosserie des Trophy Trucks ist dem BMW X6 nachempfunden. Allerdings in einem größeren Maßstab. Dieser Trophy Truck ist ein Kraftwagen im wörtlichen Sinne: zwei einhalb Meter breit, zwei Meter hoch, gut zwei Tonnen schwer und gesegnet mit einem 800-PS-Motor, der seine ganze Power an eine starre Hinterachse weiterreicht«, referierte Cade stolz.

Bob machte sich eifrig Notizen. Dafür, dass Cade nicht direkt bei der Entwicklung mitgeholfen hatte, war er sehr gut informiert, bemerkte der dritte Detektiv.

»Wusstet ihr, dass so ein Trophy Truck einen gigantischen Federweg von fast einem Meter hat? Die Amplitude der Räder ist fast viermal so groß wie bei den Spitzenautos der Rallye-WM.« Cade lächelte versonnen. »Könnt ihr euch denken, warum die Trophy Trucks keine Fenster haben?«

»Weil sie bei den wüsten Sprüngen zerbrechen würden«, mutmaßte Bob.

Cade nickte. »Dafür tragen die Fahrer Helme mit Luftschläuchen. Ansonsten würden die Jungs zu viel Staub schlucken.« Der Mann lachte.

»Sie scheinen nicht nur ein erfahrener Mechaniker, sondern auch ziemlich rennbegeistert zu sein«, stellte Bob fest.

»Sonst würde ich den Job hier nicht machen.«

Der Zweite Detektiv beschloss, die gute Stimmung von Cade Waters zu nutzen. »Mr Miller hat mal nebenbei erwähnt, dass es Probleme mit den Bremsen gab«, tastete er sich vorsichtig an das Thema »Sabotage« heran.

Cade zog die Stirn kraus. »Lag bestimmt am Fahrer. Es ist schon etwas speziell, solch einen Truck richtig zu bremsen. Der Pedaldruck ist wie ein Schwamm und genauso ist auch die Bremsverzögerung. Allerdings«, lachte Cade, »ist so ein Gerät auch nicht zum Bremsen gebaut.« Er zwinkerte den beiden Freunden zu.

Bob sah fragend zu Peter. »Aber Aidan Cloud ist doch ein Spitzenfahrer, oder?«, flüsterte Bob dem Zweiten Detektiv zu. Peter nickte.

»Die ersten Testfahrten wurden noch direkt bei *AMC Motors* durchgeführt. Ich weiß nicht, wer dort den Wagen gefahren hat und wie Ian Miller an diese Information gekommen ist. Vielleicht war es ein Missverständnis. Laut meinen Informationen soll der Wagen eine richtige Rakete sein und von irgendwelchen Bremsproblemen habe ich überhaupt nichts gehört.«

»Dürfen wir uns jetzt mal diesen neuen Wundermotor ansehen?«, fragte Peter.

»Warum eigentlich nicht?« Cade zuckte die Schultern. »Ich habe selber noch keinen Blick darauf werfen können.« Der Mechaniker ging zur Motorhaube.

Lies weiter auf Seite 82. Wenn du erfahren möchtest, was der Erste Detektiv in der Zwischenzeit herausgefunden hat, lies weiter auf Seite 69.

Justus und Peter folgten dem dritten Detektiv.
Als sie bei der Tür zu der kleinen Halle angekommen waren, zog Peter sein Dietrichset aus der Hosentasche. Mit leicht zitternden Fingern schob er einen Dietrich ins Schloss und versuchte, die Tür zu öffnen. Justus und Bob behielten die Umgebung im Auge. Da sich die Tür im wenn auch spärlich beleuchteten Teil des Teambereichs befand, hatten die beiden das Gefühl, wie auf dem Präsentierteller zu stehen.
»Schneller, Peter!«, drängte der Erste Detektiv. »Wir könnten jederzeit entdeckt werden.«
»Nun hetz mich nicht, Just!« Peter versuchte einen weiteren Dietrich. Plötzlich schwang die Tür auf. »Na bitte! Gekonnt ist eben gekonnt!«, sagte der Zweite Detektiv nicht ohne Stolz. »Bitte einzutreten. Heute präsentieren wir Ihnen den Wunder-Truck.«
»Sehr witzig!« Bob ging an Peter vorbei. »Hm, hier riecht es komisch. Findet ihr nicht auch, Kollegen?«
»Du hast recht, Bob«, bestätigte Justus. Er schloss die Tür hinter sich und schaltete das Licht an.
»Also, ich rieche nichts«, meinte Peter. »Aber ich hatte eben den Eindruck, dass sich hier drinnen etwas bewegt hat, bevor das Licht anging. Ob jemand da ist?«
»Quatsch, Peter«, meinte Bob zweifelnd. »Wo sollte sich denn hier jemand verstecken?«
»Vielleicht hinter dem Reifenstapel«, flüsterte Peter.
Die drei ??? sahen sich in der Garage um.
Alles war so, wie sie es am Tag gesehen hatten. Es versteckte sich auch niemand bei den Reifen. Aber irgendetwas irritierte Justus. Es schien ihm, als ob eine Kleinigkeit fehlte, doch es

Du bist von Seite 10 oder 99 hierhergelangt.

kam ihm nicht in den Sinn, was es war. Peter und Bob steuerten auf den Truck zu. Justus schüttelte leicht den Kopf und folgte seinen Freunden.

»Okay, jetzt kommt die Stunde der Wahrheit!« Peter machte sich an der Motorhaube zu schaffen und öffnete sie. Die drei ??? starrten auf den Motorblock im Wagen.

»Oh«, entfuhr es allen gleichzeitig.

»Äh, das soll der Wundermotor sein?«, fragte Bob skeptisch.

Justus blickte Peter an. »Du bist doch unser Fachmann für Autos. Sieht das für dich nach einem neuen, innovativen Motor aus?«

»Also, natürlich kann man auf den ersten Blick nicht sagen, ob da neue Technologie drin steckt. Ihr erinnert euch, dass Cade sagte, die Einspritzung sei das Geheimnis der Leistungssteigerung. Dies hier ist mit Sicherheit ein V8-Motor, aber …«

»Aber«, fuhr Bob fort, »der Motor sieht aus, als hätte ihn jemand aus einem alten Pick-up ausgebaut. Ich meine, wenn der Wagen so funkelnagelneu aussieht, sollte ein neu entwickelter und gebauter Motor nicht ebenfalls annähernd neu wirken? Das Teil scheint uralt zu sein.« Er kratzte mit dem Fingernagel an einer Stelle herum, an der sich Rostflecken befanden.

»Ich gebe zu, dass Motoren nicht zu meinem hundertprozentigen Fachgebiet gehören«, mischte sich Justus ein. »Aber für mich sieht dieser Motor nicht viel neuer aus als der in Onkel Titus' altem Lieferwagen.«

»Was hat *AMC Motors* davon, einen uralten Motor in einen neuen Trophy Truck zu bauen und zu behaupten, es sei ein Supermotor? Das macht doch keinen Sinn.«

»Unter gewissen Umständen macht das schon einen Sinn, Zweiter«, widersprach Justus. »Ich habe bereits einen konkreten Verdacht.«

»Ach ja, und welchen?« Peter sah gespannt aus.

»Den gleichen wie bei den vermeintlichen Drohbriefen und den Sabotagen«, sagte Justus.

»Ach, für die Sabotagen hast du auch schon eine Erklärung?« Peter verschränkte die Arme.

»Ja, es passt doch alles zusammen.« Justus lächelte überlegen.

»Dann rück schon raus mit deinen Schlussfolgerungen, Just!«, forderte der Zweite Detektiv.

In dem Moment hörten die drei Jungen das Klappen einer Autotür und kurz darauf wurde es stockdunkel.

Lies weiter auf Seite 14.

Du bist von Seite 129 hierhergelangt.

Die drei ??? machten sich auf den Weg durch die Wüstenstadt. Im Teambereich herrschte immer noch emsiges Treiben. LED-Solarlampen erleuchteten in regelmäßigen Abständen die Wege. Bei einigen Teams sah man die Mitglieder zusammensitzen und sich besprechen. Überall hörte man Stimmen, und leise Unterhaltungen drangen durch die Zeltwände.

Die Jungen folgten dem erleuchteten Hauptweg vorbei am Info-Point, der jetzt geschlossen war. Eine merkwürdig aufgeladene Stimmung lag über der Anlage. Eine Aufregung, die all die Rennbegeisterten zu teilen schienen und die auch die drei ??? erfasste.

Die Basis des *Star*-Rennteams lag am Ende des Hauptweges. Unter den Sonnensegeln hingen ein paar Lampen, die den Bereich in diffuses Licht tauchten. Die Garage stand im Dunkeln.

Die drei ??? sahen sich um. Es war niemand zu sehen.

»Wir sollten auf Bobs Vorschlag zurückkommen und zunächst einmal auf Beobachtungsposten gehen. Wenn sich niemand zeigt, können wir uns Zutritt zur Garage verschaffen«, entschied Justus.

Die Freunde suchten sich ein Plätzchen im Schutz eines unbeleuchteten Zeltes, von dem aus sie den Bereich des *Star*-Teams gut überblicken konnten.

Zunächst geschah nichts. »Merkwürdig, dass der Wagen gar nicht bewacht wird. So, wie sich dieser Baxter aufgeführt hat, dachte ich, die würden einen eigenen Sicherheitsdienst engagieren. Schon irgendwie seltsam, dass so gar keiner aufpasst«, wunderte sich Peter.

»Vielleicht vertraut das Team darauf, dass der Wagen eingeschlossen ist«, meinte Bob.

»Lasst uns hoffen, dass dies der Fall ist. Dennoch sollten wir äußerste Vorsicht walten lassen und uns so leise wie möglich verhalten.«

Lies weiter auf Seite 91.

Du bist von Seite 40 hierhergelangt.

Erschrocken fuhren die drei ??? zusammen. Aidan *The Dustmaster* Cloud stand wutschnaubend in der Tür und zeigte anklagend mit dem Finger auf die drei Jungen. »Ihr steckt also hinter der ganzen Aktion!«

»Hinter welcher Aktion?«, fragte Peter irritiert.

»Ihr könnt mich nicht für dumm verkaufen! Die Drohbriefe und die Manipulationen am Wagen gehen also auf euer Konto.«

»Bitte glauben Sie uns, wir sind nicht dafür verantwortlich«, versuchte der Erste Detektiv den aufgebrachten Rennfahrer zu beruhigen.

»Und was habt ihr dann am Wagen zu suchen?«

»Wir wollten uns lediglich den neuen Motor ansehen«, erklärte Bob.

Aidan Cloud verschränkte die Arme vor der Brust. »Warum sollte ich euch drei Grünschnäbeln glauben? Allein dass ihr unbefugt hier eingedrungen seid, spricht gegen euch.«

Justus lächelte gewinnend. »Weil allein die Zeit uns entlastet. Wir sind erst seit einem Tag auf dem Gelände, und soweit ich Ihr Gespräch mit Darren mitbekommen habe, haben Sie schon vorher Briefe erhalten, und auch die technischen Probleme gab es schon vor unserer Ankunft. Nicht wahr, Mr Cloud?«

Aidan schnaubte verächtlich. »Nun, vielleicht habt ihr die Briefe nicht geschrieben und verteilt, aber woher soll ich wissen, dass ihr mit dem Verfasser der Briefe nicht unter einer Decke steckt? Und jetzt macht ihr euch hier am Wagen zu schaffen. Wollt ihr, dass ich einen Unfall habe? Soll es das sein?«

»Natürlich nicht!«, empörte sich der Zweite Detektiv. »Wie kommen Sie denn auf solch eine Idee?«

»Wie sollte ich nicht auf solch eine Idee kommen, wenn ich gerade das hier in meinem Rennanzug gefunden habe!« Mit diesen Worten zog der *Dustmaster* ein Stück Papier aus seiner Hosentasche. Er reichte es Justus.

»Diesen Brief hab ich drüben in meinem Spind gefunden. Vorhin befand er sich aber noch nicht bei meinen Sachen. Und jetzt überrasche ich euch hier beim Truck.« Aidan Cloud beobachtete Justus' Reaktion, als dieser einen Blick auf den Brief warf. Die Miene des Ersten Detektivs blieb jedoch ausdruckslos.

»Was steht in dem Brief?«, fragte Peter und sah seinem Freund über die Schulter.

»Hier, lest selbst.« Justus gab den Zettel seinen Detektivkollegen.

Peter und Bob blickten auf das Schreiben, das aus ausgerissenen Zeitungsschnipseln bestand. »*Die Zeit der Abrechnung ist gekommen. Du wirst für deine Schuld mit dem Leben bezahlen*«, las Bob vor.

Peter sog scharf die Luft ein. »Das ist eine Morddrohung!«

Aidan nickte grimmig. »Ganz genau, aber bestellt eurem Hintermann schöne Grüße. Ich lasse mich nicht einschüchtern.«

»Aber es ist wirklich ganz anders, als Sie denken, Mr Cloud«, beteuerte nun auch Bob. »Wir versuchen herauszufinden, wer den Truck manipuliert hat. Wir sind Detektive. Ian Miller hat uns mit der Untersuchung des Falls beauftragt. Im Rahmen der Ermittlungen haben wir auch von den anonymen Briefen erfahren und …«

»Natürlich, Detektive!« Der *Dustmaster* lachte bitter. »Ihr wollt mir wohl einen Bären aufbinden.« Aidans Stimme klang sarkastisch. »Das hier ist kein Spaß mehr. Ich werde die Polizei einschalten.«

»Das halte ich für eine durchaus vernünftige Entscheidung, Mr Cloud, aber vielleicht können wir Ihnen auch helfen. Wie mein Kollege Ihnen bereits erklärte, sind wir tatsächlich Detektive und haben schon beachtliche Ermittlungserfolge bei diversen Fällen vorzuweisen«, sagte Justus mit Nachdruck.

»Na, ihr scheint es ja wirklich ernst zu meinen«, gab Aidan zurück. »Wenn es stimmt, was ihr sagt, wird es Ian sicherlich bestätigen. Ich werde mit ihm reden. Dennoch glaube ich kaum, dass ihr mir helfen könnt. Irgendjemand hat es auf mich abgesehen. Ich sehe keine andere Möglichkeit mehr, als mich an die Polizei zu wenden. Außerdem werde ich Mr Fresco informieren. Das hätte ich vermutlich schon viel eher tun sollen.« Aidan streckte energisch sein Kinn vor.

»Sir, wenn ich Sie recht verstanden habe, haben Sie sich bisher von den Briefen nicht einschüchtern lassen. Sind Sie eventuell bereit, mit dem Alarmieren der Polizei noch etwas zu warten?«, fragte Justus den Rennfahrer.

»Worauf willst du hinaus?« Aidan Cloud blickte den Ersten Detektiv fragend an.

»Nun, erfahrungsgemäß dauert es eine Zeit, bis die Polizei solch einen Fall aufklärt. Außerdem könnte der Verbrecher gewarnt sein, wenn ein Polizeiwagen hier auftaucht. Bitte geben Sie uns bis morgen Mittag Zeit, den Täter zu entlarven. Wenn wir es nicht schaffen, sollten Sie auf jeden Fall noch vor dem offiziellen Rennen die Polizei informieren.«

Aidan seufzte. »Also abgemacht. Heute ist es eh schon spät und ich denke auch nicht, dass sich noch etwas ereignen wird, aber morgen werde ich die Polizei informieren. Dann haue ich mich jetzt aufs Ohr und ihr solltet auch besser die Halle verlassen, bevor euch David Baxter hier erwischt.«

»Einen Moment noch, Sir. Das ist noch nicht alles. Wir würden Ihnen gerne etwas zeigen.« Justus winkte Aidan heran und deutete auf den Motor des *Star*-Trucks.

Wie wird Aidan reagieren? Lies weiter auf Seite 24.

Du bist von Seite 95 hierhergelangt.

Als Justus und Peter sich dem *Star*-Teambereich näherten, sahen sie Rick Lane, der sich beim Prerunner herumdrückte. Peter wollte auf den Mann zustürzen, doch Justus hielt ihn zurück. George Fresco trat nämlich aus der angrenzenden Garage und ging auf den Chauffeur zu. Er zog den Mann mit sich und beide vertieften sich in ein intensives Gespräch.

»Was hat denn das zu bedeuten?«, fragte Peter.

Justus sah seinen Freund an. »Das frage ich mich auch. So wie es aussieht, ist Rick Lane mit Mr Fresco bekannt. Ich würde nur zu gerne wissen, was die beiden zu besprechen haben.«

»Vielleicht arbeitet er auch für Mr Fresco als Chauffeur.«

Während Justus und Peter beobachteten, wie Mr Fresco und Rick Lane zwischen den Zelten verschwanden, kam Darren Frasier auf die Jungen zu. Gut gelaunt strahlte er sie an. »Na, seid ihr schon aufgeregt wegen unserer Wüstentour?«

»Nicht wirklich«, gestand Justus.

»Das solltet ihr aber. Trotz fünfzig Zentimeter Federweg wird man im 510-PS-Prerunner durchgerüttelt wie die Eiswürfel in einem Cocktail-Shaker«, meinte Darren. »Also überlegt noch einmal gut, ob ihr euch auf diese Höllentour wagt.«

»Nichts könnte uns davon abhalten«, rief Peter begeistert aus.

»Na, dann folgt mir.« Darren ging voran. Er griff sich auf dem Weg Handschuhe, die auf einem Tisch lagen, und zog sie über. »Steigt ein und schnallt euch an. So …« Er zeigte den beiden Freunden, wie sie die Gurte befestigen sollten.

»Brauchen wir keine Helme?«, fragte Justus etwas nervös.

»Einen Helm zu tragen gilt im Prerunner als uncool. Und wir fahren ja auch mit einigermaßen moderater Geschwindigkeit«, sagte Darren.

»Okay, wenn du meinst.« Peter ließ den Gurt einklicken.
»Einen Helm tragen wir nur im Trophy Truck. Damit man im Rennen nicht so viel Staub vom Vordermann schlucken muss. Aber auch hier solltet ihr während der Fahrt lieber den Mund schließen. Es gibt da draußen eine Menge Sand auf der Piste.« Darren lächelte und stieg auf den Fahrersitz. Er startete den Prerunner, der sich mit dröhnendem Motor in Gang setzte. In gemächlichem Tempo steuerte der junge Mann das Gefährt an die Startlinie der Rennstrecke. Dort gab er Gas. Der Prerunner jaulte mit durchdrehenden Rädern auf und hob seine Schnauze gen Himmel, bevor er die Wüstenpiste entlangpreschte. Als er über die erste Bodenwelle sprang, wagte Darren einen Blick nach hinten. »Alles klar?«, rief er laut.
Die beiden Jungen nickten eifrig. Es war aber nicht ganz klar, ob sie dies als Zeichen der Zustimmung taten oder ob es schlicht an den massiven Schlaglöchern und den Bodenwellen lag.
Darren grinste. »Dann haltet euch mal fest. Jetzt geht es richtig los.«
Sie rumpelten wild durch die Wüste. Sprichwörtlich im letzten Moment wich Darren umherliegenden Felsen aus. Die Fahrt führte über eine holprige Piste zwischen niedrigen Sträuchern hindurch. Justus und Peter wurde flau im Magen. Der Erste Detektiv wünschte sich, er hätte ausnahmsweise mal den Part der Recherche übernommen und würde jetzt mit Shawna zusammen das Internet durchforsten. Doch nun konnte er es nicht mehr ändern, er wurde weiter durchgeschüttelt wie ein Cowboy beim Rodeo.
Darren nahm eine Hand vom Lenkrad und schüttelte sie, als

hätte er einen Krampf. Doch die Fahrt ging in ungebremstem Tempo weiter. Justus warf einen Blick zu Peter. Auch der rennbegeisterte Zweite Detektiv war etwas blass um die Nase geworden.

Als Justus wieder nach vorne blickte, sah er einen großen Felsbrocken vor ihnen. Darren hatte anscheinend die Piste verlassen und raste mit dem Prerunner nun querfeldein. Der Erste Detektiv schaute auf ihren Fahrer und stutzte. Darren hatte seinen Kopf auf die Brust fallen lassen. Seine Hände lagen nur schlaff auf dem Lenkrad.

Auch Peter bemerkte, dass etwas nicht stimmte. »Darren, was ist los?«, schrie er. »Siehst du den Felsen nicht?«

Doch der reagierte nicht. Im Gegenteil, sein Kopf schwang hin und her, als ob er ihn gar nicht unter Kontrolle hätte.

Peter griff von hinten nach Darrens Schulter und schüttelte ihn, doch der junge Mann reagierte nicht. »Justus, tu doch etwas!«, rief Peter hysterisch.

»Wir müssen den Wagen zum Stehen bringen!«, rief der Erste Detektiv zurück.

»Aber wie?«, schrie der Zweite Detektiv verzweifelt.

»Nach vorne klettern! Schnell!«

»Bist du verrückt, Just? Während der Fahrt?«

»Wir haben keine andere Wahl, Zweiter.«

Lies weiter auf Seite 63.

»Dass du Aidan versprochen hast, den Fall noch vor dem Pre-Run aufzuklären, halte ich für ziemlich optimistisch, Just.« Peter kickte eine leere Dose weg, die auf der sandigen Piste lag. Die drei ??? waren auf dem Weg zurück zu ihrem Wohnmobil.

»Stimmt«, pflichtete Bob seinem Freund bei. »Wir haben überhaupt nichts Konkretes. Und für mich passt das alles nicht zusammen. Mr Fresco und David Baxter haben Mutmaßlich einen falschen Motor in den Truck eingebaut und wollen verhindern, dass der Wagen gefahren wird, damit niemand es bemerkt. Aber warum? Und wenn diese beiden die Sabotagen durchführen, was hatte dann Rick Lane bei der Halle zu suchen?«

»Sind es überhaupt Sabotagen, wenn man seinen eigenen Wagen fahruntüchtig macht?«, überlegte Peter laut.

»Auf jeden Fall sind es unzulässige Manipulationen«, stellte Justus fest.

»Ich verstehe nur den Sinn dahinter nicht.« Peter klang genervt. »Und warum schreibt plötzlich nicht nur Shawna anonyme Briefe, sondern noch jemand? Warum tut sie es überhaupt? Will sie, dass der *Sierra*-Teamfahrer, Tylor Morales, das Rennen gewinnt? Ich blicke überhaupt nicht mehr durch.«

»Ihr Motiv gilt es noch herauszufinden. Die Aussage ihrer Briefe ist unbestimmt. Wir werden morgen mit ihr reden und sie mit unserem Wissen konfrontieren. Was den anderen Briefeschreiber betrifft, habe ich einen Verdacht.« Justus schob energisch sein Kinn vor.

»Und lässt du uns an deinem Verdacht teilhaben, Erster?«, fragte Bob.

Du bist von Seite 24 hierhergelangt.

»Mein Gefühl sagt mir, dass es etwas mit Rick Lane zu tun hat. Er war heimlich an der *Star*-Team-Basis unterwegs und hatte sicher auch irgendwann die Gelegenheit, den Brief in Aidans Spind zu verstecken. Ich möchte, dass du morgen früh einige Recherchen im Internet anstellst und so viel wie möglich über unseren Chauffeur rausfindest. Da ich nicht annehme, dass Mr Fresco uns den Laptop in seinem Bürocontainer nutzen lässt, könntest du Shawna bitten, dir zu helfen.«

»Und was macht ihr?«, erkundigte sich Bob.

»Wir –«, begann der Erste Detektiv, während er die Wohnmobiltür aufschloss.

»Wir treffen uns morgen früh mit Darren«, beendete Peter den Satz. »Ich habe mich den ganzen Tag auf unsere Tour mit dem Prerunner gefreut.«

»Stimmt, und dabei werden wir versuchen herauszufinden, ob Darren in irgendeiner Form in den *AMC*-Betrug involviert ist. Vielleicht kann er uns einige Fragen beantworten.« Justus ließ sich auf die Sitzecke plumpsen.

»Na toll, und ich bin nicht dabei«, murrte Bob.

»Du bist für Recherchen und Archiv zuständig.« Der Erste Detektiv zuckte entschuldigend mit den Schultern.

»Dann gute Nacht. Ich gehe ins Bett.« Damit verschwand Bob beleidigt in den hinteren Teil des Wohnmobils.

Weiter geht es auf Seite 95.

Bob und Shawna liefen, so schnell sie konnten, zur *Star*-Basis. Dort trafen sie auf Cade Waters und Kyle.

»Wo ist Aidan?«, rief Bob. »Wir müssen dringend mit ihm sprechen.«

»Im kleinen Mannschaftszelt. Er sucht seine Handschuhe«, informierte Cade sie. »Aber was ist denn los? Ihr seid ja so aufgebracht.«

»Später, wir müssen erst mit Aidan sprechen«, entschuldigte sich Bob und wandte sich dem Zelt zu.

Hier wühlte Aidan ratlos in seinem Spind. »Ich bin mir sicher, dass ich sie heute früh noch gesehen habe. Wo stecken sie nur?«

»Hallo, Aidan«, begrüßte Shawna den Fahrer.

»Hallo, Shawna. Was machst du hier?«

»Wir müssen Ihnen etwas Wichtiges mitteilen. Wir wissen jetzt, wer mit großer Wahrscheinlichkeit den letzten Drohbrief geschrieben hat. Wir glauben, es war Erik MacLaine«, erläuterte Bob die Situation.

»Erik?? Wieso denn Erik MacLaine?« Aidan hob zweifelnd eine Augenbraue.

»Wir haben ihn auf dem Renngelände beobachtet. Er nennt sich jetzt Rick Lane und arbeitet als Chauffeur. Er und Sie waren in einen schlimmen Unfall verwickelt, bei dem Mr MacLaine schwer verletzt wurde. Erinnern Sie sich? Er will sich an Ihnen rächen.«

Aidan zog eine Augenbraue hoch. »Erik ist hier? Natürlich erinnere ich mich an den Unfall. War eine schlimme Sache damals. Aber daran trug doch niemand die Schuld. Solche Unfälle können in unserem Job passieren. Sein Manöver war

Du bist von Seite 66 hierher gelangt.

riskant. An der Stelle hätte er nicht versuchen sollen, zu überholen. Ich habe ihn damals im Krankenhaus besucht, aber er wollte mich nicht sehen.«

»Tja, Mr MacLaine sieht das möglicherweise anders. Wir halten es jedenfalls für sehr wahrscheinlich, dass er es auf sie abgesehen hat. Sie dürfen auf keinen Fall an dem *Open PreRun* teilnehmen.«

»Das kann ich vielleicht sowieso nicht. Mein Kopilot ist immer noch nicht wieder von dem Ausflug mit deinen Freunden zurück. Dabei müssen wir uns vorbereiten.« Aidan knallte wütend seine Spindtür zu.

Shawna trat auf ihn zu. »Aidan, ich muss dir ein Geständnis machen. Die ersten Briefe gehen auf mein Konto.« Shawna sah verschämt zu Boden. »Ich wollte dich verunsichern, damit Darren erster Teamfahrer wird.«

»Wie bitte?« Aidan riss die Augen auf. »Von dir hätte ich das am wenigsten gedacht.«

»Ich hoffe, du kannst mir verzeihen.«

»Darüber reden wir später. Jetzt müssen wir zuerst mit Mr Fresco sprechen. Ich muss ihm von den Vorfällen berichten. Er muss von dem Drohbrief erfahren und außerdem will ich ihn wegen des Motors zur Rede stellen. Jetzt!«

Zusammen machten sie sich auf den Weg zum Containerbüro von *AMC*. Dort erwartete sie eine Überraschung. Schon von Weitem entdeckten sie den Prerunner.

Lies weiter auf Seite 133.

Als die drei ??? am nächsten Tag nach der mehrstündigen Fahrt die klimatisierte Limousine verließen, traf sie fast der Schlag. Die Luft flimmerte vor Hitze. Vor ihnen lag das Rennlager: eine provisorische Stadt mitten in der Wüste. Ein Bereich des Lagers bestand aus einer Vielzahl von Wohnmobilen, Campinganhängern und Zelten. Etwas abseits davon standen riesige Zugmaschinen mit Tiefladern, auf denen vermutlich die Trucks hertransportiert worden waren. Das Herzstück der Anlage bildeten offenbar mehrere Wellblechhütten und Container. Sie grenzten an eine staubige Piste, die hinter großen Felsen in der Weite der Wüste verschwand. Der Bereich der Rennstrecke am Lager entlang war von gelben Fahnen gesäumt. Daneben standen Zelte mit den bunten Logos der verschiedenen Rennteams und auch mehrere der Trophy Trucks. Es wimmelte von Menschen – ihren bedruckten Shirts nach in der Hauptsache Crew-Mitglieder.

Peter sah sich begeistert um. »Was für eine Atmosphäre. Man spürt schon richtiges Rennfieber.«

»Also ich spüre bisher nur den heißen Wind«, erwiderte Justus trocken.

»Ein bisschen mehr Begeisterung könntest du für unseren neuen Fall schon zeigen, Just«, meinte Bob.

»Ich hoffe, es gibt überhaupt einen Fall. Kommt, Kollegen, lasst uns unser Gepäck ausladen.«

Die drei ??? nahmen ihre Taschen aus dem Kofferraum, während Ian Miller noch kurz mit Rick Lane, dem Chauffeur, sprach. Der Fahrer der Limousine war ein hagerer Mann. Er hörte Mr Miller mit mürrischem Gesichtsausdruck zu und sagte kein einziges Wort.

Du bist von Seite 12 hierhergelangt.

»Schade, dass Morton uns nicht fahren konnte. Mit ihm wäre die Fahrt deutlich angenehmer gewesen«, bemerkte Bob mit einem Blick zu ihrem Auftraggeber.
»Meinst du, er hätte den Redeschwall von Mr Miller erfolgreich unterbrechen können?«, fragte Peter grinsend.
»Ich bin nicht überzeugt, dass in der Gegenwart von Mr Miller überhaupt irgendjemand zu Wort kommt, aber wir haben immerhin einiges über die Mitglieder des *Star*-Teams erfahren. Damit wissen wir, bei wem wir mit den Nachforschungen ansetzen können. Ganz oben auf unserer Liste sollte ein Gespräch mit diesem Aidan Cloud stehen. Als Fahrer des Trucks kann er uns bestimmt einiges von den technischen Problemen berichten. Außerdem interessiert mich die Meinung des Chefmechanikers David Baxter.«
»Guter Plan, Just«, pflichtete Peter dem Ersten Detektiv bei. »Ich kann es kaum erwarten, den *Dustmaster* kennenzulernen.«
»So, Jungs, jetzt zeige ich euch erst mal eure Unterkunft, bevor ich euch auf dem Gelände herumführe.« Ian Miller war an die drei ??? herangetreten. »Allerdings habe ich noch eine Bitte. Mein Geschäftspartner und die Mitglieder des Teams wissen nichts von eurem Auftrag. Wenn rauskommt, warum ihr hier seid, könnte Unruhe im Team entstehen. Ich möchte, dass ihr möglichst unauffällig vorgeht. Keine direkten Fragen zu den Vorfällen. Alles klar?«
»Sicher, Sir. Sie können sich auf uns verlassen«, beteuerte Justus.
In diesem Moment klingelte ein Mobiltelefon. Ian Miller griff in seine Jackentasche und warf einen Blick auf das Display.

»Einen Moment, Jungs. Den Anruf muss ich kurz annehmen.«
Er ging einige Schritte zur Seite und sprach leise ins Telefon, doch an seinem zornigen Gesichtsausdruck erkannten die drei ??? deutlich, dass es sich um kein angenehmes Gespräch handelte. Plötzlich wurde ihr Auftraggeber laut. »Was soll das heißen, George? Wie viel? Das kann doch nicht dein Ernst sein!«, rief er mit hochrotem Kopf. »Ich komme gleich rüber.« Dann beendete er das Gespräch und kehrte zu den drei Detektiven zurück. »Entschuldigt, aber ich muss dringend zu einer Besprechung mit meinem Geschäftspartner. Seht ihr dort hinten die Ansammlung von Campingwagen? In der fünften Reihe ganz am Ende steht ein braunes Wohnmobil. Dort seid ihr für die Dauer eures Aufenthalts untergebracht. Hier sind die Schlüssel. Geht schon mal voraus. Ich schlage vor, wir treffen uns in zwei Stunden beim Info-Point. Dann habt ihr noch etwas Zeit, eure Sachen auszupacken.«
»Wo finden wir den Info-Point?«, erkundigte sich Peter.
»Er ist in einem silbernen Campingtrailer untergebracht. Dort wird der Rennablauf koordiniert. Er liegt im Zentrum des Renngeländes, wie eine Spinne im Netz. Ihr könnt ihn gar nicht verfehlen. Außerdem ist alles gut ausgeschildert. Eine solide Beschilderung ist das A und O für einen guten Organisationsablauf. Mein …«
»… Motto, Sir«, vervollständigte Peter den Satz.
»Genau, Junge! Du bist ja lernfähig«, bemerkte Ian Miller gönnerhaft. »Also dann, bis in zwei Stunden beim Info-Point.«
»Okay, Sir.« Justus nahm den Schlüssel entgegen und verkniff sich eine weitere Bemerkung.

Als Mr Miller davoneilte, sahen sich die drei ??? an.
»Interessantes Telefongespräch. Es wäre sicher für uns von ermittlerischem Vorteil, zu erfahren, was Ian Miller mit seinem Geschäftspartner zu besprechen hat«, überlegte Justus laut.
»Vielleicht sollten wir ihm folgen und versuchen, es herauszufinden«, schlug Bob vor.
»Das ist keine schlechte Idee.« Der Erste Detektiv nickte. »Allerdings denke ich, wir könnten die Zeit auch nutzen, um uns schon mal unauffällig im Rennbereich umzusehen. Möglicherweise können wir dort einen Eindruck vom Team erhalten, bevor uns Ian Miller offiziell vorstellt.«
»Also ich wäre dafür, erst mal unser Gepäck zum Wohnwagen zu bringen. Ich habe keine Lust, die ganze Zeit den schweren Rucksack rumzuschleppen«, meinte Peter.

Was sollen die drei ??? tun? Schnell Ian Miller verfolgen, um das Gespräch mit seinem Geschäftspartner zu belauschen? Lies weiter auf Seite 20. Wenn du meinst, die drei ??? sollten sich im Rennbereich umsehen, lies weiter auf Seite 16. Oder sollen die drei ??? zunächst ihren Wohnwagen beziehen und dann ohne schweres Gepäck die Ermittlungen aufnehmen? Lies weiter auf Seite 57.

»Kollegen, wir sollten das Gespräch mit Aidan Cloud führen, solange es noch nicht so spät ist. Danach können wir immer noch die Garage in Augenschein nehmen und den *Star*-Truck untersuchen. Peter, nimm auf alle Fälle schon mal dein Dietrichset mit«, entschied Justus.

»Wie immer überstimmt unser Erster seine lieben Kollegen.« Peter grinste.

»So kennen und lieben wir ihn«, lachte Bob.

»Kommt, wir sollten keine weitere Zeit mit sinnlosen Grundsatzdiskussionen verlieren.« Justus stand auf und ging zur Tür.

»Wir hören und gehorchen«, sagte Peter mit gespielter Unterwürfigkeit. Dabei führte er eine übertriebene Verbeugung aus.

Der Erste Detektiv verdrehte die Augen und verließ den Wohnwagen. Peter und Bob folgten ihm lachend hinaus. Es war bereits stockdunkel geworden. Ein überwältigender Sternenhimmel zeigte sich über der Wüste. Sie liefen durch das Gewirr von Wohnmobilen. In einigen Fenstern brannte Licht. Niemand war zu sehen. Die drei ??? steuerten den Campinganhänger an, den Aidan Cloud während der Renntage bewohnte. Ian Miller hatte ihnen die Unterkünfte der anderen Teammitglieder auf dem Rundgang gezeigt.

In dem Campingwagen brannte kein Licht. »So wie es aussieht, ist der *Dustmaster* noch unterwegs.«

»Oder er schläft bereits«, gab Bob zu bedenken.

»Vielleicht sollten wir mal klopfen.« Peter wollte schnurstracks auf den Wohnwagen zusteuern, als ihn Justus zurückhielt und hinter ein Wohnmobil zog.

Du bist von Seite 72 hierhergelangt.

»Warte!«, zischte er leise. »Seht ihr den Schatten?« Die drei ??? drückten sich an die Rückwand des Wohnmobils und spähten vorsichtig um die Ecke.
»Ja, da schleicht jemand um Aidans Wohnwagen.« Bob reckte den Hals, um besser sehen zu können. »Seht mal, jetzt bleibt die Person stehen und macht sich am Fenster zu schaffen.«
»Ob das ein Einbrecher ist?«, fragte Peter.
»Eher der anonyme Briefeschreiber«, mutmaßte Justus.
»Dann will er eine neue fiese Botschaft hinterlassen.« Peter ballte die Fäuste. »Den schnappe ich mir!«
Noch bevor der Erste Detektiv reagieren konnte, sprintete Peter los. Schon kurz darauf konnten Justus und Bob beobachten, wie er mit dem Unbekannten rang. Sie beeilten sich, ihrem Freund zu Hilfe zu kommen.
»Lass mich verdammt noch mal los. Was soll das?«, fauchte der Schatten mit einer nur allzu bekannten Stimme.
»Shawna! Was machst du denn hier?« Peter ließ das Mädchen abrupt los.
»Das Gleiche könnte ich euch fragen. Bist du verrückt geworden, Peter? Oder was soll dieser Angriff bedeuten?«
»Wir haben dich für …«, begann Peter.
»… einen Einbrecher gehalten«, vollendete der Erste Detektiv den Satz. Peter warf ihm einen verwirrten Blick zu.
Bob begriff sofort, dass der Erste Detektiv Shawna vorerst nichts von den Drohbriefen verraten wollte.
»Du musst zugeben, dass es schon sehr auffällig ist, dass du hier im Dunkeln um Mr Clouds Wohnwagen schleichst.«
»Es geht euch zwar nichts an, aber ich wollte mit Aidan sprechen.« Shawna verschränkte die Arme.

»Und warum klopfst du nicht an der Tür, sondern hantierst am Fenster rum?«, fragte Bob misstrauisch.

»Das … Ich … Also, ich wollte nur durchs Fenster gucken, ob Aidan da ist. Aber der Wohnwagen ist leer.«

»Und worüber wolltest du mit ihm sprechen«, erkundigte sich Justus.

»Das ist privat.« Shawna wurde rot.

»Sehr verdächtig«, kommentierte Peter.

»Unsinn! Also wenn ihr es genau wissen wollt, Aidan und ich sind zusammen. Aber das soll niemand wissen. Deshalb wollte ich ungesehen bleiben. Seid ihr jetzt zufrieden?«

»Du und Aidan?« Peter zog die Augenbrauen hoch.

»Wieso nicht?«

»Hast du nicht zu Darren gesagt, der *Dustmaster* sei arrogant?«

»Ach das.« Shawna winkte ab. »Das war doch nicht so gemeint.«

»Und warum haltet ihr eure Beziehung geheim?«, wollte Bob wissen.

»Das ist kompliziert. Zum einen hat Aidan einen Ruf als Frauenheld – was aber nicht stimmt – und mein Onkel würde deshalb die Beziehung nicht gutheißen«, erklärte Shawna.

»Und zum anderen?«, hakte der dritte Detektiv nach.

»Zum anderen möchte Aidan es nicht. Er meint, es könnte Komplikationen geben, wenn Mitglieder der gegnerischen Teams miteinander ausgehen. So, und jetzt reicht es mit der Fragestunde. Ich muss los.« Damit ließ Shawna die drei ??? stehen und ging hocherhobenen Hauptes fort.

»Glaubt ihr ihr das?« Peter sah Shawna kopfschüttelnd nach.

»Ich glaube, Shawna lügt wie gedruckt. Zumindest, was ihren

Besuch bei Aidan angeht. Wieso sollte sie nicht an der Tür klopfen, selbst wenn die beiden die Beziehung geheim halten wollen. Sich am Fenster seines Wohnwagens zu schaffen zu machen, ist doch viel auffälliger«, meinte Bob.

»Da könntest du recht haben, Dritter«, pflichtete Justus Bob bei. »Wir werden jetzt jedenfalls anklopfen, um sicherzugehen, dass Aidan wirklich nicht da ist.«

»Wird gemacht, Erster.« Bob klopfte an die Tür. Doch nichts rührte sich.

»Dann steht jetzt ein Besuch der *Star*-Basis an. Wir sehen uns dort um und werfen bei der Gelegenheit einen ungestörten Blick auf den neuen Wundermotor«, entschied Justus.

Lies weiter auf Seite 112.

Du bist von Seite 63 oder 123 hierhergelangt.

Als Peter den Prerunner endlich auf die provisorische Wüstenstadt zusteuerte, war Darren nicht mehr ansprechbar. Sein Atem ging flach und sein Puls flatterte. Er hatte die Augen geschlossen.

Justus erblickte die Bürocontainer. »Fahr den Runner direkt zum *AMC*-Büro, Zweiter. Wir müssen so schnell wie möglich einen Krankenwagen rufen und dürfen keine Zeit mehr verlieren«, wies er Peter an.

»Okay, Just. Wie geht es Darren?«

»Nicht gut.«

Sekunden später hielt Peter vor dem Büro, sprang aus dem Wagen und hämmerte wild an die Tür.

George Fresco steckte seinen Kopf raus. »Was soll das Getöse?«

»Rufen Sie, so schnell es geht, einen Krankenwagen!«

»Wie bitte?« George Fresco lief mit Peter zurück zum Prerunner und starrte auf Justus, der den totenbleichen Darren auf dem Sitz hielt.

Nun kam auch Ian Miller aus dem Büro. »Um Himmels willen, was ist hier los?«, rief der Besitzer von *Sparkling Star Cola* Justus zu.

»Keine Zeit für Erklärungen. Wir benötigen zuerst einen Notarzt.«

»Natürlich, nimm das Telefon im Büro, Junge.«

Der Erste Detektiv nickte und ließ Darren in der Obhut der Männer. Sie hoben ihn vorsichtig aus dem Fahrzeug und legten ihn auf den Boden.

In diesem Moment kamen auch Bob, Aidan und Shawna zum Büro.

»Nein, Darren!«, schrie Shawna und stürzte auf ihren Freund zu.

Justus rannte ins Büro und wählte den Notruf. Nachdem er seine Angaben gemacht und aufgelegt hatte, fiel sein Blick auf den Bildschirm des Laptops. Das E-Mail-Programm war geöffnet. Der Erste Detektiv sah durchs Fenster. Draußen redeten alle aufgeregt durcheinander – das war seine Chance. Eilig klickte er sich durch ein paar Ordner und wurde bald fündig: das letzte Mosaiksteinchen in diesem Fall! Schnell führte er noch ein zweites Telefongespräch. Dann kehrte der Erste Detektiv zu den anderen zurück.

Kurz darauf traf der Krankenwagen ein. Darren wurde auf die Trage gelegt und Justus informierte den Notarzt noch einmal über das, was geschehen war, und über seinen Verdacht einer Vergiftung. Dann wurde der Rennfahrer in die Klinik gebracht.

»Was ist denn nun passiert?«, fragte Ian Miller.

»Ich schlage vor, wir versammeln uns in zwanzig Minuten alle unter den Sonnensegeln des *Star*-Teams, dann werde ich ausführlich berichten, was genau bei unserer Fahrt vorgefallen ist.« Der Erste Detektiv blickte in die Runde.

Die Umstehenden sahen ihn zweifelnd an, nickten aber. George Fresco verschwand in seinem Büro, Shawna ging mit hängenden Schultern Richtung *Sierra*-Teambereich.

Justus trat an Ian Miller heran und flüsterte ihm zu: »Der Fall ist gelöst, Sir. Sorgen Sie dafür, dass gleich wirklich alle Teammitglieder anwesend sind. Und Mr Fresco soll auch den Fahrer Rick Lane mitbringen. Peter und ich haben sie vorhin zusammen gesehen. Verraten Sie aber bitte noch nicht, um was es geht. Ich habe die Polizei informiert. Behalten Sie die beiden bis dahin so gut wie möglich im Auge.«

»In Ordnung«, nickte Ian Miller. »Ich verstehe immer noch nichts, aber ich werde mich darum kümmern.« Dann folgte er Mr Fresco in den Container.

Einige Zeit später fanden sich die ersten *Star*-Teammitglieder unter den Sonnensegeln ein. Bob hatte Justus in der Zwischenzeit berichtet, was er und Shawna über die Vergangenheit von Rick Lane, der eigentlich Erik MacLaine hieß, herausgefunden hatten. Damit war für den Ersten Detektiv das Puzzle vollständig.

Auch zwei Polizisten waren bereits eingetroffen. Justus hatte kurz mit ihnen gesprochen und sie gebeten, sich in der Nähe von Erik MacLaine, Mr Baxter und Mr Fresco zu postieren. Nachdem die Beamten sich telefonisch bei Inspektor Cotta, einem guten Bekannten der drei ???, rückversichert hatten, kamen sie der Bitte des Ersten Detektivs nach.

»Was hat das alles zu bedeuten und was machen diese Polizisten hier? Ich verlange eine Erklärung!«, ereiferte sich Mr Fresco, während Erik MacLaine mit zusammengekniffenen Augen dasaß und finstere Blicke in die Runde warf.

»Sie sollen Ihre Erklärung bekommen, Sir, sobald alle Beteiligten anwesend sind«, sagte Justus mit einem Lächeln.

Aidan Cloud hatte sich mit verschränkten Armen an ein Regal gelehnt und wirkte angespannt.

Nach und nach trafen alle Teammitglieder ein.

Als Letzte fand sich auch Shawna ein. Mehrere Augenpaare sahen sie erwartungsvoll an. »Ich konnte gerade mit der Klinik telefonieren. Sie haben es rechtzeitig geschafft. Darren liegt auf der Intensivstation und ist so weit stabil. Sie geben ihm Medikamente, die die Herzfrequenz normalisieren. Allem Anschein nach ist er vergiftet worden! Und solange das Gift noch in seinem Körper ist, muss er überwacht werden.«

»Vergiftet?«, rief Ian Miller aus.

»Das sind zumindest erst einmal gute Nachrichten, Shawna«, sagte Justus erleichtert. »Ja, das mit der Vergiftung war meine Annahme. Darren ist heute Morgen bei unserer kleinen Testfahrt mit dem Prerunner hinter dem Steuer zusammengebrochen. Ich vermute, es hat mit dem Pulver zu tun, das ich in den Handschuhen von Darren fand. Ich tippe auf Aconitin, ein Gift, das über bloßen Hautkontakt wirkt.« Justus überreichte die Handschuhe Ian Miller.

»Aber das sind ja meine!«, entfuhr es Aidan. »Darren muss sie mit seinen verwechselt haben.«

»Jetzt wird mir einiges klar. Der Anschlag galt also Aidan«, schlussfolgerte Peter.

»Klar? Ich verstehe überhaupt nichts mehr.« Ian Miller kratzte sich am Kopf.

»Man wollte mich also tatsächlich umbringen?«, entfuhr es Aidan. »Ich fasse es nicht!«

Erik MacLaine starrte weiterhin stumm vor sich hin.

»Das ist doch alles Unsinn! Niemand wollte irgendjemanden umbringen!«, rief Mr Fresco.

»Wie können Sie da so sicher sein, Mr Fresco?«, fragte Peter.

»Mit dem Aconitin hat Justus recht«, sagte Shawna. »Das Gift hat die Frau vom Krankenhaus bei meinem Telefonat erwähnt.«

»Das Alkaloid Aconitin aus dem Blauen Eisenhut, lateinisch Aconitum napellus, gehört zu den besonders giftigen Pflanzenstoffen«, erläuterte der Erste Detektiv in bester Justus-Manier. »Es ist noch potenter als Strychnin. Schon geringe Mengen lösen Nervenschäden und Herzrhythmusstörungen aus, die zum Tod führen können. Es wirkt nicht nur durch die Einnahme, sondern kann auch über die unverletzte Haut, also bei reiner Berührung, seine gefährliche Wirkung entfalten.«

»Dein botanischer Vortrag in allen Ehren, Junge, aber kannst du mir jetzt endlich mal erklären, was hier genau vor sich geht? Und was hat das alles mit den Sabotagen zu tun?«, verlangte Ian Miller ungeduldig zu wissen.

»Sie haben sich leider die falschen Partner ausgesucht, Sir«, antwortete Justus.

George Fresco zeigte sich empört. »Das muss ich mir von so einem dahergelaufenen Moppel nicht sagen lassen.«

Ian Miller baute sich vor Mr Fresco auf und dröhnte: »Setz dich dort hin und hör zu, was der Junge zu sagen hat, George. Kläre uns bitte auf, Justus.«

»Gerne. Für diejenigen unter Ihnen, die es noch nicht wissen: Wir sind nicht hier, um einen Bericht für eine Schülerzeitung zu erstellen. Wir sind Detektive und wurden von Mr Miller beauftragt, Licht in einige seltsame Vorgänge im *Star*-Team zu bringen.«

Ein aufgeregtes Gemurmel ging durch die Gruppe der Anwesenden.

»Detektive?«, entfuhr es Cade Waters. »Nicht zu glauben.«

Justus nickte und fuhr ungerührt fort: »Zunächst stand der Verdacht auf Sabotage im Raum, doch im Laufe unserer Ermittlungen auf dem Rennplatz kristallisierte sich heraus, dass deutlich mehr dahinterstecken musste. Und alles deutete darauf hin, dass die Übeltäter innerhalb des *Star*-Teams zu suchen waren.«

»Wovon redet der Junge?«, fragte David Baxter scheinbar verwirrt.

»Gerade Sie, Mr Baxter, sollten genau wissen, wovon ich rede. Immerhin sind Sie, zumindest in Teilen, in die ganze Angelegenheit verwickelt. Sie haben zusammen mit Ihrem Chef Mr Fresco einen Betrug begangen, um sich die Sponsorengelder von Ian Miller anzueignen. Sie haben einen alten Motor in den neuen Truck eingebaut.«

»Das ist eine bösartige Verleumdung! Das wirst du doch nicht glauben, Ian?« George Fresco lief rot an. Er ging auf Justus zu, doch ein Polizist hielt ihn am Arm.

»Bleiben Sie hier, Sir!«

»Ich nehme an, dass Sie zunächst wirklich einen innovativen Rennmotor herstellen wollten. Aber dann gab es technische Schwierigkeiten und die Entwicklung verschlang zu viel Geld. Zudem stellten sich finanzielle Probleme ein«, redete Justus in aller Ruhe weiter.

»Pah, das sind unhaltbare Unterstellungen«, winkte der *AMC*-Chef wütend ab.

»Mitnichten. Ich habe vorhin in Ihrem Computer viele Mails gefunden, die sich um Mahnungen für unbezahlte Rechnungen drehen. Ich schätze, Sie haben die Sponsorengelder nicht in die Weiterentwicklung des Motors gesteckt, sondern damit Ihre Schulden bezahlt. Vermutlich haben Sie immer wieder neues Geld von Ian Miller gefordert. Als dieser endlich Resultate sehen wollte, wurde es eng für Sie. Sie mussten das Rennteam auf die Strecke bringen. Aber Sie hatten keinen Motor. Sicherlich dachten Sie sich, wenn der Wagen beim Rennen liegen bleibt oder einen Unfall hat, wird Mr Miller keinen Verdacht schöpfen. So war Ihre Rechnung: Entweder würde der *Star Cola*-Chef weitere Gelder lockermachen, mit denen Sie dann doch noch den Motor entwickeln könnten, oder er würde enttäuscht dem Rennsport den Rücken kehren. In beiden Fällen müssten Sie die erhaltenen Gelder nicht an Mr Miller zurückzahlen. In Sponsorenverträgen gibt es ja sicher keine Klausel, die einen Erfolg des Teams garantiert. Mit in die Verschwörung verstrickt war noch ein weiterer inoffizieller Mitarbeiter des *AMC*-Teams: Rick Lane – alias Erik MacLaine, der ein ehemaliger Rennfahrer ist. Wie Bob und Shawna herausgefunden haben, hat er sich vor Jahren durch einen Rennunfall eine Wirbelsäulenverletzung zugezogen. Damit war es aus mit der Rennfahrerkarriere und er wurde Chauffeur. Aber bei *AMC* ist er nicht nur als solcher tätig, sondern er hat auch die angeblich so guten Testläufe gefahren. Kurze Strecken hielt die Wirbelsäule wohl noch aus«, wandte sich Justus an den Chauffeur.

»Du widerlicher kleiner Schnüffler«, grollte Erik MacLaine. »Was weißt du denn schon?«

»Eine ganze Menge. Ich vermute nämlich außerdem, dass Mr Fresco den Mechaniker Mr Baxter beauftragte, immer wieder kleinere Manipulationen am Wagen auszuführen, die verhindern sollten, dass Aidan Cloud den Truck fahren konnte. Aber Sie, Mr MacLaine, waren für die grobe Arbeit zuständig. Die Arbeit, die nicht einmal Mr Baxter ausführen wollte. Ihr

Chef hat Sie letzte Nacht mit einer besonderen Aufgabe beauftragt. Habe ich recht?«

»Warum soll ich das alles getan haben?«, stieß Mr Fresco aufgebracht hervor.

»Das würde mich auch interessieren«, pflichtete David Baxter seinem Chef bei.

»Das ist doch offensichtlich. Aidan hätte als versierter Offroad-Fahrer sofort gemerkt, dass dieser Motor nicht annähernd die Leistung bringt, die *AMC* vorhergesagt hatte.«

»Selbstverständlich hätte ich es bemerkt«, mischte der *Dustmaster* sich ein. »Aber das wäre mir doch auch beim Rennen aufgefallen und die Täuschung wäre dann aufgeflogen.«

In dem Moment ballte Erik MacLaine wütend die Fäuste und alles brach aus ihm heraus: »Ja, verdammt noch mal. Da Mr Miller sich trotz aller Probleme nicht davon abbringen ließ, den *Star*-Truck diese Saison auf die Rennpiste zu bringen, nur leider kein Supermotor da war, sollte der Truck letzte Nacht in Flammen aufgehen. Aber diese drei Schnüffler haben mich gestört, als ich gerade in die Halle wollte. Mr Fresco, ich habe es Ihnen ja gleich gesagt, als die mit Mr Miller ankamen: Die Jungs machen uns Ärger. Ich habe alles versucht, euch loszuwerden, habe sogar Schlafmittel in eure Sandwiches getan. Aber ohne Erfolg.«

»Halten Sie den Mund, MacLaine!«, fluchte George Fresco, während Peter ausrief: »In den Sandwiches war Schlafmittel?«

Justus aber blieb weiterhin ruhig. »Dass wir den Brandanschlag verhindert haben, hat Sie jedoch nur auf neue Gedanken gebracht, oder, Mr MacLaine? Sie hatten nämlich auch Ihre ganz eigenen Pläne. Sie wollten Aidan Cloud für seine Schuld sühnen lassen. Aus Ihrer Sicht war der *Dustmaster* an dem schlimmen Unfall vor sieben Jahren schuld. Da es nun heute doch dazu kommen würde, dass Mr Cloud auf die Rennstrecke geht, disponierten Sie um und streuten ihm Gift in die Handschuhe, um einen Unfall herbeizuführen. Ist es nicht so? « Justus warf dem Chauffeur einen wissenden Blick zu. »Was mir nur noch nicht ganz klar ist: Wusste Mr Fresco davon, auf welche Weise Sie Aidan Cloud aus dem Verkehr ziehen wollten? Hat er Ihren Giftanschlag gebilligt oder haben Sie ihm nur versichert, dass der Wagen spätestens während des Rennens ausfallen wird?«

»Ich sage nichts mehr ohne meinen Anwalt!«, schnappte Erik MacLaine.

Aidan Cloud rutschte an dem Regal zu Boden und sackte dort mit bleichem Gesicht in sich zusammen.

»Natürlich wusste ich nichts von dem Gift!«, verteidigte sich Mr Fresco.

»Aber dennoch wollten Sie, dass Ihr Trophy Truck durch einen Unfall ausfällt, und damit hätten Sie auch die Verletzung Ihres Fahrers und seines Kopiloten in Kauf genommen«, schlussfolgerte Justus.

Shawna schlug bei seinen Worten die Hände vor das Gesicht.

»Ungeheuerlich!«, rief Ian Miller.

»Wenn meine Mutter erfährt, dass ich für einen Gangster gearbeitet habe«, jaulte Kyle auf.

»Das sind ja wirklich unglaubliche Anschuldigungen«, gab nun auch einer der Polizisten von sich. »Wir werden das überprüfen müssen. Mr Fresco, Mr MacLaine und Mr Baxter, Sie kommen mit uns aufs Revier. Unser Inspektor hat sicherlich noch viele Fragen an Sie. Alle anderen von Ihnen halten sich für die Zeugenvernehmung bereit und melden sich morgen auf der Dienststelle. Wir nehmen noch die Personalien auf.«

Kurz darauf wurden David Baxter, George Fresco und Erik MacLaine von der Polizei abgeführt.

»Justus, du bist wirklich der Größte«, versicherte Shawna dem Ersten Detektiv.

»Nein, die drei ??? sind die Größten«, widersprach Justus. »Ohne Peter und Bob hätte ich es nicht geschafft, alle Puzzleteile zusammenzusetzen.«

Auch Ian Miller war stolz auf die Detektive. »Das habt ihr großartig gemacht, Jungs. Dafür habt ihr eine Belohnung verdient. Ihr bekommt von mir ein Jahr lang *Sparkling Star*-Cola gratis geliefert, soviel ihr trinken könnt. Denn *Sparkling Star*-Cola ist das Getränk für Gewinner. Trinke *Star* und sei erfolgreich. Mein Motto!«

»Und Sie, Sir, bekommen jetzt von mir doch unsere Karte. Falls Sie unsere Dienste noch einmal brauchen.« Lächelnd fischte der Erste Detektiv eine Visitenkarte aus seiner Hosentasche und überreichte sie Ian Miller.

»Darauf finden Sie übrigens auch unser Motto: Wir übernehmen jeden Fall.«
»Und das ist unser einziges!«, ergänzte Peter lachend.

Gratulation, du hast den Fall gelöst!

Die drei ???®

Erlebe spannende Abenteuer!

- ☐ und der Geisterzug
- ☐ Geister-Canyon
- ☐ Im Netz des Drachen
- ☐ und die schwarze Katze
- ☐ Im Zeichen der Schlangen
- ☐ und das blaue Biest
- ☐ und die brennende Stadt
- ☐ GPS-Gangster
- ☐ Tuch der Toten
- ☐ Eisenmann
- ☐ Dämon der Rache
- ☐ Sinfonie der Angst
- ☐ und der gestohlene Sieg
- ☐ Die Rache des Untoten
- ☐ Der gefiederte Schrecken
- ☐ und der Zeitgeist 6 Kurzgeschichten
- ☐ und die flüsternden Puppen
- ☐ Das Kabinett des Zauberers
- ☐ Im Haus des Henkers
- ☐ Schattenwelt Trilogie
- ☐ und der letzte Song
- ☐ und der Hexengarten
- ☐ silbernes Amulett
- ☐ und der Mann ohne Augen
- ☐ Insel des Vergessens
- ☐ Signale aus dem Jenseits
- ☐ und der unsichtbare Passagier
- ☐ und die Kammer der Rätsel
- ☐ Der finstere Rivale
- ☐ Fluch des Piraten
- ☐ Pfad der Angst
- ☐ und der grüne Kobold
- ☐ Im Auge des Sturms
- ☐ Die Legenden der Gaukler
- ☐ und der schwarze Tag 6 Kurzgeschichten
- ☐ Verbrechen im Nichts
- ☐ Im Bann des Drachen
- ☐ Schrecken aus der Tiefe
- ☐ und die Zeitreisende
- ☐ Im Reich der Ungeheuer
- ☐ Geheimnis des Bauchredners
- ☐ und der grüne Kobold
- ☐ Im Auge des Sturms
- ☐ Die Legende der Gaukler

je €/D 8,99

kosmos.de/die_drei_fragezeichen